大魚讀品
BIG FISH BOOKS

让日常阅读成为砍向我们内心冰封大海的斧头。

追逐金色的少年

S.E. Hinton

[美]苏珊·埃洛伊丝·欣顿——著

吴超——译

THE OUTSIDER

浙江人民出版社

本书献给亲爱的吉米。

第一章

从昏暗的电影院跨入明媚的阳光，我心里只想着两件事：保罗·纽曼[1]和搭车回家。真羡慕保罗·纽曼的样貌。他可真帅，能把我比到井里去。但我其实也不算丑。我那浅棕色的头发几近红色，眼睛绿中带灰 —— 我总盼着眼睛能再灰一点，因为大部分绿眼睛的家伙都让我讨厌。不过这已经很不错了，我该知足。我的头发比许多伙伴都长，又密又蓬，拖在脑后，齐刷刷地剪一刀，额前的头发与两鬓都留着任其生长。谁

1　保罗·纽曼（Paul Newman，1925—2008）：美国著名演员，代表作有《春浓满楼情痴狂》（*Sweet Bird of Youth*）、《骗中骗》（*The Sting*）等。——译者注（本书中注释均为译者注。）

让我们是"油头"[1]呢？街坊邻居没几个人在乎自己头发长短，谁都懒得打理。再说了，我留长发也蛮好看的。

我得一个人走很长一段路回家，不过这没什么，我一向独来独往。不为别的，我喜欢一个人看电影，因为只有这样才能不受干扰地融入电影，体验故事里人物的生活和情感。和别人一起看电影总觉得不舒服，就好像有人趴在你肩膀上跟你同看一本书。说到看书，我跟别人也不太一样。我二哥苏打快十七岁了——我们叫他"苏打水"——长这么大没啃过一页书。我大哥达雷尔——我们叫他达瑞——整天忙得脚打后脑勺，根本没工夫看书、画画。所以我在家里是个异类。平时一起混的伙伴们，没有谁像我这样酷爱电影和书籍。我一度以为全世界只有我一个人有此爱好，所以理应保持特立独行。

苏打至少还试着理解，这一点比达瑞强得多。不过苏打本来就与众不同。他好像对什么事都能理解。比如，他从来就不会像达瑞那样天天对我大吼大叫，好像我是个乳臭未干的小屁孩儿，而实际上我已经十四岁了。我喜欢苏打胜过所有人，甚至包括我的爸妈。他总是一副无忧无虑的样子，见谁都笑眯眯的，不像达瑞，天天板着个脸，做梦都别想见他笑一次。不过

1　油头：富家子弟对穷人子弟的蔑称。穷人家的孩子没有条件经常洗头，便喜欢抹大量的发油来保持发型，这使得他们的头发很多时候都显得肮脏油腻。

话说回来，达瑞虽然只有二十岁，却经历了许多和他年龄并不相配的事情，所以他长大的速度也就异于常人。苏打倒像永远都长不大。我不知道这两种情况哪一种更好，但总有一天我会弄明白的。

总之，我一边回想着电影，一边往家走。这时，我突然渴望有个伴儿。油头一个人走路是有风险的，很大概率会遇上麻烦，再不然就会有人冲你大喊"油头"，那种滋味儿可不好受。拦截我们的通常是少爷党，我也不知道这叫法从何而来，反正说的是西区那些有钱人家的孩子，和我们东区这些孩子被叫作油头党一个道理。

我们出身穷苦家庭，跟阔少爷们没法比，连中产阶层都算不上。但要是比谁更疯、更野，我们绝不会输给他们。我们和那些少爷不同，他们顶多也就欺负下落单的油头，砸砸人家的房子，或者聚在一起寻欢作乐，喝得七荤八素。也许前一天报纸还在批评他们不守公序良俗，改天就又大赞他们是对社会有用的青年才俊了。但我们油头几乎全是小痞子、街头混混。我们偷东西，开着破旧的改装车招摇过市，把加油站堵得水泄不通，偶尔还打群架。不是说我也干这些事，我要是敢去招惹警察，达瑞非揍死我不可。爸爸妈妈出车祸去世之后，我们兄弟三个要想不分开，就必须得规规矩矩的。所以我和苏打尽量不惹麻烦，即使干坏事也竭力不被抓到。总之，我的意思是，大部分油头都干过这样或那样的不法勾当，这就像我们留长发，穿蓝色牛仔裤和 T 恤，或者故意把衬衣下摆露在外面，穿皮夹克和网球鞋一样正常。少爷党和油头党，我没办法说谁好谁坏，反正大家就这样。

我本可以等达瑞或苏打下班后再去看电影，说不定他们会陪我，尽管苏打根本坐不了一场电影的时间，而达瑞对电影又毫无兴趣，他觉得自己的人生已经够丰富多彩，不需要再去了解别人的故事。但起码他们可以送我，坐车也好，走路也罢。再不济我也可以拉上一个哥们儿。有四个小子和我们三兄弟从小玩到大，关系处得和自家人差不多。像我们这样的社区，大家低头不见抬头见，彼此之间都熟得不能再熟了。早知道我该提前跟达瑞说一声，好让他下班回家时接我一下，或者让"两毛五"马修斯开车跑一趟也行，他肯定不会拒绝。可我有时候就是不知道动脑子。干出这种蠢事通常能把我大哥达瑞气得跳脚，因为按道理我应该是很聪明的。我脑瓜好使，不管是上学还是其他方面都表现不错，但我偏偏不用，你说气人不？可能因为我喜欢一个人走走转转吧。

不过，当我瞥见跟在身后的那辆红色雪佛兰科威尔轿车时，我忽然觉得我也不是那么喜欢一个人走走转转了。此时我离家还有两个街区，心里一慌，不由得加快了脚步。我还从来没有尝过被人拦截的滋味儿，但我见过约翰尼被四个少爷党欺负之后畏畏缩缩的样子，他连自己的影子都怕呢。而他都已经十六岁了。

我知道，这会儿走多快都没用了，因为眨眼间那辆科威尔就停在了我身边，五个少爷党跳下车。我心里别提有多害怕了。虽然我长得挺结实，可相比其他十四岁的同龄人，个头却有点矮，尤其眼前这几个家伙个个都比我高大威猛。我下意识地把手插进裤兜，低下头，思考如果现在撒腿逃跑还来不来得及。约翰尼的样子浮现在眼前，他鼻青脸肿，脸上还被刀子划过。我至今还记得当初我们找到他时的情景——他躲在空地拐角，快哭晕过去了。约翰尼一向皮实，能让他哭的情况不多。

虽然很冷，但我身上却直冒汗。我能感觉到手心湿漉漉的，汗珠像蠕动的蚯蚓沿着后背往下滚。我特别害怕的时候就会这个样子。我悄悄环顾左右，想找个汽水瓶或棍子之类的东西——苏打的死党史蒂夫·兰德尔就曾经用一个烂汽水瓶硬是干赢了四个少爷党——可我身边什么都没有。所以我只好呆头呆脑地站在原地，任凭他们把我围住。我总是忘记用脑子。他们脸上挂着志得意满的笑，就这样慢慢地、悄没声儿地凑了上来。

"嘿，油头！"其中一个假装客气地同我打招呼，"你走运了。瞧你那长头发都油成什么样子了，今天哥儿几个帮你拾掇拾掇。"

他穿的是一件马德拉斯棉布衬衫。我至今还记得清楚，蓝色的马德拉斯棉布。另一个同伙儿笑了笑，低声骂了我一句。我大脑一片空白，不知道该说什么。遇到这种只能等着受欺负的情况，好像也没什么可说的，所以我就老老实实把嘴闭着。

"剪个头吧，油头？"一个中等身材的金发小子从后裤兜里掏出一把刀，"啪"的一声弹出刀身。

我终于想到该说什么。"不。"我边说边往后退，躲避着对方的小刀。结果可想而知，我正好退进一个家伙的怀里。他们一下子就把我放倒在地，死死摁住我的胳膊和腿。然后一个家伙骑在我的胸口上，膝盖压着我的胳膊肘。你们根本想象不到那有多疼。我闻到浓浓的须后水和烟草的味道，心想也许在他们揍我之前我已经被熏死了。我害怕极了，倒盼着自己能死得快一点。我拼命挣扎，差一点就挣脱了。结果他们更加死命地按住我，骑在我胸口上的那个家伙还趁机给了我几拳。于是，我便老老实实待着不动，只不过一边喘气儿，一边腾出嘴来骂他们几句。这时，一把小刀横在了我的脖子下。

"要不然咱们从下巴这里开始收拾？"

我突然意识到他们很可能会要我的命。这下我可慌了。我声嘶力竭地叫喊起来。我喊苏打，喊达瑞，喊随便谁的名字。有只手试图捂住我的嘴，我毫不犹豫地狠狠咬了一口，齿缝间顿时一股子血腥味儿。我听见有人气急败坏地骂，接着身上又挨了一通老拳，随后他们把一块手帕团起来塞进我的嘴巴。其间有个人一直在说："该死的，快把他的嘴堵上，快堵上！"

这时，我听到一阵大呼小叫，伴随着急促纷乱的脚步声由远及近而来。少爷党们不再管我，跳起来就跑。我躺在地上大口地喘气，不知道究竟发生了什么，反正有人从我身上跳过，有人从我身边跑过，我恍恍惚惚的，搞不清是怎么回事。随后有人叉住我两边腋下，把我从地上拉了起来。是大哥达瑞。

"你没事吧，小马？"

他摇晃着我的身体，搞得我更加头昏脑涨。尽管视野还没清晰起来，但我已经知道他是达瑞，这一方面是因为他的声音，另一方面则是因为他的动作。真希望他能对我温柔点。

"我没事，达瑞，别晃了，我没事。"

他立刻停下："不好意思啊！"

实际上他并没有不好意思。达瑞无论干什么都不会不好意思。我觉得最有意思的事情就是达瑞长得很像爸爸，但他的行事作风和爸爸正好相反。爸爸去世时才四十岁，因为他看上去很年轻，像二十五岁，以至于很多人都误以为他和达瑞是兄弟，而非父子。可他们的相似仅限于体形、容貌——我爸爸对人可从来不粗鲁。

达瑞身高六英尺两英寸[1]，肩膀宽厚，肌肉发达，深棕色的头发前撅后翘，像牛啃过的草窝——和爸爸一样。但达瑞的眼睛和爸爸不同，他的眼珠像两颗淡绿色的冰球，放射出坚毅果决的神采，正如他身体的其他部位。虽然只有二十岁，但他看上去老成得多，浑身上下透着冷酷、强悍和精明。如果不是眼睛给人凶巴巴的感觉，他其实也帅得很呢。达瑞头脑比较简单，理解不了复杂的东西，但他喜欢动脑。

我又坐回地上，揉着被捶得生疼的脸。

达瑞把握紧的拳头塞进口袋："他们打得不狠吧？"

不，他们打得可狠了。我浑身疼得厉害，尤其胸口，像要炸了一样。而且因为紧张，我双手直哆嗦。说实在的，我都快要哭了。可这些是不能跟达瑞说的。

"我没事。"

苏打迈着大步跑过来。这时我才回过神，刚才那阵喧闹是

1　6英尺2英寸约合1.88米。1英尺等于0.3048米，1英寸等于0.0254米。

伙伴们来救我了。他一屁股在我旁边坐下，扳着我的脑袋检查了一圈。

"嘿，小马，你被划了一刀。"

我一脸茫然地看着他："有吗？"

他掏出手帕，用舌头润湿一个角，轻轻按在我脑袋一侧："你这血流得跟杀猪似的。"

"不会吧？"

"不信你看。"他把手帕拿到我面前，像变戏法似的，那上面果然有片红色，"他们对你动刀子了？"

我记得有个家伙说"剪个头吧，油头？"肯定是他们堵我嘴时手滑了。

"是。"我说。

在我认识的人当中，二哥苏打长得最帅。和达瑞不同，苏打的帅透着一丝电影明星的气质，就是走在街上会有人停下来看他的那种。他没有达瑞高，也没有达瑞魁梧，但他有张轮廓分明且敏感多情的脸，看着有点玩世不恭，实则善解人意、体贴入微。他头发金黄偏暗，像丝绸一样又长又直，一水儿梳向脑后，夏天被阳光一照就变成闪闪发亮的小麦黄。他深褐色的眼睛炯炯有神，时而脉脉含情，时而冷若冰霜。苏打的眼睛像爸爸，但又独一无二，他不需要酒精也能表现出醉眼迷离的神态，比如在飙车或跳舞的时候。在我们社区，想找一个从来不喝酒的年轻人是很难的，但苏打却做到了滴酒不沾 —— 他不需要。因为平淡的生活也能让他陶醉。而且他理解每一个人。

他凑近我仔细端详，我急忙把头扭到一边，因为实话告诉你吧，我离放声大哭就差那么一丁点儿了。我的脸肯定白得吓人，而我的身体就像风中的树叶一样瑟瑟发抖。

苏打一只手扶住我的肩膀，轻声说道："别怕，小马，他们不会再来欺负你了。"

"我知道。"我说，但地面开始模糊，我能感觉到两行热泪滚下脸颊。我懊恼地抹了下脸。"我只是被吓到了，没别的。"我颤抖着深吸了口气，止住哭。当着达瑞的面可不能哭，除非我像约翰尼上次一样伤得那么重。可和约翰尼相比，我简直毫发无损。

苏打揉了揉我的头发："放心吧，小马，你一个零件没少。"

我只好咧嘴冲他笑笑 —— 不管发生什么，苏打总有办法让你笑。我猜这可能是因为他自己就喜欢笑吧。"你指定有毛病，苏打，你不正常。"

达瑞看着我们，好像恨不得要扳着我俩的脑袋撞一下。"你们两个都有毛病。"他说。

苏打扬了扬一侧的眉毛 —— 这是他跟两毛五学的小动

作 —— 嬉皮笑脸地说："应该是祖传的。"

达瑞一愣，随后也咧嘴笑起来。苏打可不像别人那么怕达瑞，而且他特别喜欢戏弄达瑞。我宁可去戏弄一头成年的灰熊也不会招惹达瑞。可奇怪的是，达瑞似乎也很喜欢被苏打戏弄。

除了我的两个哥哥，其他伙伴都去追那几个少爷党了。对方灰溜溜地钻进车子疯狂逃离，他们就朝车子扔石头。这时，他们回来了，四个精壮的小伙子，个个都不是好惹的主儿。我从小和他们一起长大，早被他们接纳为这个小团伙的一员，尽管我比他们小一截。但我毕竟是达瑞和苏打的小弟弟，况且我嘴巴很严，从不会乱说话。

史蒂夫·兰德尔十七岁，生得又高又瘦，浓密的头发油乎乎的，还偏要梳成卷儿。他聪明、自信，从上学起就是苏打最好的哥们儿。史蒂夫是个车疯子，在社区里他能轻而易举地搞来一个轮毂，动作比谁都快，动静比谁都小。他对车了如指掌，只要是带轮子的，他几乎都能开。他和苏打在同一个加油站打工 —— 史蒂夫是兼职，苏打是全职 —— 他们的加油站是城里生意最好的。至于为什么，可能是因为史蒂夫懂车已经声名远扬，也可能是因为苏打一向招女孩子喜欢，谁知道呢。我喜欢史蒂夫，纯粹是因为他是苏打的好哥们儿。不过他可不怎么喜欢我，因为他觉得我是个累赘，还是个小屁孩儿。没女生的时候不管去哪里苏打都会带上我，这让史蒂夫很不爽。可这不能怪我啊。每次都是苏打主动带我，而我从来没有要求过。苏打从来不会把我当小孩子看。

"两毛五"马修斯是我们这群死党中年龄最大，且最有头脑的。他身高大约六英尺，生得孔武有力，对自己那长长的锈褐色的连鬓胡子特别引以为豪。他有一双灰眼睛，整日嬉皮笑脸的，满嘴跑火车。他不说俏皮话会难受死，这也是他的保命法宝。谁也别想让他闭嘴，就像那些说书的，只要一开口，总得说够两毛五分钱的。所以大家都叫他"两毛五"。就连他的老师都不记得他本名叫基思，而我们甚至忘了他还有本名。人生对两毛五来说就是个大笑话。他是出了名的"三只手"，同样出名的还有他那把黑把儿的弹簧刀（当然这刀也是他顺来的）。他就喜欢跟警察过不去，没办法，他忍不住。从他嘴里飞出来的俏皮话能把人笑死，所以他必须让警察们也听听，好给他们单调乏味的生活增添点儿乐趣（他是这么对我说的）。他喜欢打架，喜欢金发美女，而最匪夷所思的是，他竟然喜欢上学。可问题是他都十八岁半了还在上初中，而且学了那么多年什么都没学会。他去学校纯粹是为了混日子。我挺喜欢他的，因为他能逗我们笑，笑我们自己，也笑别的东西。看见他，我总能想到威尔·罗杰斯[1]——可能是因为他的笑容。

要说我们这一群人里真正的人物，还得是达拉斯·温斯顿——我们叫他"大力"。以前我很喜欢画他生气时的模样，因为只需寥寥几笔就能勾勒出他的性格特点。他的脸型好似精灵，高颧骨、尖下巴，牙齿像动物的，又尖又小，耳朵像山猫。他的头发黄得发白，平时不喜欢剪头，也不用发油，就那么一绺绺地挂在额前，或在耳根子后面和后脖颈上堆成卷儿。他的眼睛蓝莹莹的，像燃烧的冰，阴森中透着对全世界的恨意。大力曾在纽约最乱的地界待过三年，十岁时就进过局子。所以他比我们所有人都横，比我们所有人都强悍、冷酷、圆滑、卑鄙。他身上已经不存在油头小子和绿林好汉的差别。他和城里那些帮派分子一样豪横，比如蒂姆帮。

在纽约时，大力经常参与帮派之争，可我们这里基本找不到有组织的帮派，大部分都只是一些臭味相投的狐朋狗友结成的小团伙，即使有冲突也往往发生在社会阶层之间。至于斗争形式，不过是俗称的打群架。谁看谁不顺眼了，就拉上朋友干一架。哦，对了，附近的确有那么几个叫得出名号的帮派，比如河王帮、泰伯街猛虎帮之类的，但我们东区并不存在什么帮

1　威尔·罗杰斯（Will Rogers，1879—1935）：美国幽默作家，也是一位电影演员。

派之争。所以，尽管大力偶尔也能好好打上一架，可他并没有特定的仇恨目标。没有敌对帮派，只有少爷党。而你不管用什么办法都赢不了他们，因为连老天爷都站在他们那一边，平常的小打小闹根本奈何不了他们。可能就是因为这样达拉斯才苦恼不堪吧。

说起来他也算声名在外。他进过局子，所以很"光荣"地留了案底。他喝酒、赛马、撒谎、诈骗、偷窃、调戏醉鬼、欺负小孩儿——他几乎无恶不作。我不待见他的做派，可这人头脑灵活，粘上毛比猴都精。你得尊重他。

最后，也是最不起眼的那个是约翰尼·凯德。你不妨想象一条被人踢过无数次，而今又沦落到一群陌生人中间的小黑狗。对，这就是约翰尼给人的印象。在我们这帮人中，他是除我以外年纪最小的，身材纤瘦，一双黑色的大眼睛嵌在黝黑的脸庞上。他的头发同样乌黑发亮，且油光光的，梳成一个大偏分。但头发实在太长，其中许多像蓬乱的刘海垂在额前。他眼神中总是透着紧张和疑虑，被少爷党欺负之后，这种情况更加严重。他是我们这个小群体的宝贝，是每个人的小兄弟。他在家里并不好过，他爸爸老是打他，而他妈妈把他当空气，只有发脾气的时候才会扯着嗓门儿吼他。他妈妈嗓门儿大得吓人，在我们家都能听到。我觉得约翰尼宁可挨打也不愿挨骂。如果不是有我们，他恐怕早就离家出走一万次了。如果不是有这帮兄弟，约翰尼可能永远都体会不到什么是情谊。

我匆匆擦了擦眼睛："追上他们了吗？"

"没有。让他们跑了，便宜了那帮狗杂种……"两毛五把他能想到的和能编出来的所有骂人话都用在那群少爷党身上。他骂得唾沫四溅，眉飞色舞。"小马没事吧？"

"我没事。"我绞尽脑汁想找些话说。在别人面前我一般很安静，哪怕和伙伴们在一起。所以我立刻换了话题："我还不知道你什么时候被放出来了，大力。"

"表现好，提前释放。"达拉斯点上一支烟，递给约翰尼。大家便坐下来一块儿抽。抽烟总能让人放松。几口过后，我不再哆嗦，脸色也总算正常过来。两毛五拿胳膊肘杵了我一下，说："小马，你脸上有块很漂亮的瘀青。"

我小心地摸了摸脸："是吗？"

两毛五点点头，一副洞悉一切的样子："刀伤也不赖，能让你看起来更狠些。"

"狠"和"酷"是两个不同的概念。"狠"代表凶悍、有种，"酷"则代表高傲、帅气。比如，我们可以说很酷的野马跑车、很酷的记录。这两个词在我们社区都是用来夸人的。

史蒂夫朝我弹了下烟灰："你怎么想的，一个人在外面瞎溜达？"唉，也只有史蒂夫能问出这么正中要害的问题。

"我去看电影了，没想到……"

"你是从来就没想过，"大哥达瑞插进来说，"不管是在家还是在别的地方，你什么时候用过脑子？当然，你可能把脑子全用在学校里了，所以你的成绩才那么好。你天天看那么多书，能不能也抽时间学点基本的生活常识？另外，不是我说你，小马，就算你不得不一个人出门，好歹也带把刀防身嘛。"

我盯着网球鞋尖上的破洞。我和达瑞天生合不来。不论我干什么都别想让他满意。要是我当真带把刀出门，他不骂死我才怪呢。平时上学也是，如果哪次我考了个B，他就问我为什么没有拿A；如果我拿了A，他就警告我下次还得拿A。我去踢球，他说我得学习；我看会儿书吧，结果他又说我该出去玩玩，免得变成书呆子。他从来不会对苏打吼，哪怕苏打私自退学，或者因为超速吃了罚单也不会。他只会吼我。

苏打瞪了大哥一眼："别再骂我的小老弟了。这事也不能怪他，谁让他喜欢看电影呢，谁让那帮少爷党喜欢找我们的麻烦呢。要是他真的带了刀，只会被欺负得更厉害。"

苏打永远站在我这一边。

达瑞不耐烦地说："不用你教我怎么管教弟弟，别忘了你也是我弟弟。"但他没继续训我了。只要苏打开口，他十有八九会听。

"下次随便叫我们谁陪着你，小马，"两毛五说，"我们是不会拒绝的。"

"说到电影……"大力打了个哈欠，把烟屁股弹出去，"明天晚上我要去'好事成双'看电影，有没有想一块儿去的？"

史蒂夫摇摇头："我和苏打要带伊维和珊迪去看球赛。"

他根本没必要那么看着我。我是不会求他带上我的。这件事我从来没对苏打说过，因为他和史蒂夫好得几乎穿一条裤子，可有时候我实在受不了史蒂夫·兰德尔。真的，说我讨厌他也不过分。

达瑞叹了口气。我早料到了，他从来没工夫干别的事。

"明天晚上我还要上班。"他说。

大力看了看我们其他人："你们呢？两毛五？约翰尼，你和小马要不要来？"

"我和约翰尼跟你去。"我说。我知道，约翰尼除非迫不得已，否则是不会开口的。"可以吗，达瑞？"

"好吧，反正后天不用上学。"幸亏是周末，达瑞倒乐意让我出去溜达溜达，平时夜里我连家门都别想出去。

"明天晚上我原本是想一醉方休的，"两毛五说，"如果我没喝多，就过去找你们。"

史蒂夫看着大力的手。他的戒指又戴上了，那是他从一个喝醉了的高中生身上摸来的。"你和西尔维娅又掰了？"

"没错，不过这次是来真的。我蹲监狱的时候那小妞儿跟别人好上了。"

我想起了西尔维娅、伊维、珊迪，以及两毛五身边换了一拨又一拨的金发姑娘。这些可能是仅有的愿意跟我们混在一起的女孩子了。她们一个个壮得跟男生似的，说话粗声大气，化着夸张的眼妆，喜欢莫名其妙地傻笑，满嘴脏话。不过我对苏打的女朋友珊迪印象还不错。她天生金发，笑起来很温柔，一如她瓷蓝色的眼睛。她的家境和我们这些油头小子没什么差别，不过她真的是个好姑娘。但有很多次，我还是不由得想象其他女孩子是什么样子。那些眼睛明亮的、穿着漂亮长裙的姑娘，看见我们就一脸不屑，好像一有机会就要冲我们吐口水似的。有些女孩子很怕我们，可一想起达拉斯·温斯顿那德行，我就没办法怪她们了。大部分女孩子看见我们就像看见了脏东西，她们和那些开着野马或者科威尔从我们身边呼啸而过并大喊"油头"的少爷党一样，脸上会露出嫌弃的表情。我时常想象，我是说那些女孩儿……她们的男朋友被警察抓走的时候，她们也会哭吗？就像史蒂夫被抓后伊维所表现的那样。或者，她们会不会也像西尔维娅对待达拉斯那样，扭头就跟了别人？不过，也许她们的男朋友不会被警察抓，不会被人揍，也不会在马术表演场上打架斗殴。

当天晚上温习功课时我还想着这件事。英语课上老师要求我们阅读《远大前程》[1]，书里的小主人公皮普的遭遇使我不由得联想到了我们。他身份卑微，因为自己不是绅士且总被心仪的女孩儿瞧不起而经常抬不起头。我大有同病相怜之感。这类事我就遇到过。有一次，生物课上要解剖一只小蠕虫，可解剖刀片怎么都划不开小虫的肚子，于是我就掏出了我的弹簧刀。弹出刀片的那一刹那我才意识到自己在干什么——要是早想到，我绝对不会那么干——我旁边的女生惊讶得倒吸了口气，对我侧目而视，并说道："原来他们没骗人，你真的是个混混。"我听了很不是滋味儿。那个班上少爷党挺多的——我能进这样的班级是因为我成绩好，他们大都觉得新鲜，可我没这种感觉。同桌是个很可爱的女生，尤其穿黄色衣服时特别好看。

我觉得很多麻烦都是我们咎由自取。达拉斯现在的遭遇纯属活该，说实话还不够糟。两毛五偷窃上瘾，问题是他从人家

---

1 《远大前程》（*Great Expectations*）是英国作家狄更斯的代表作之一。

商店里顺来的东西多半都没用，他自己也不需要。他只是觉得好玩罢了。不过，对于苏打和史蒂夫我多少倒能理解。他们和人飙车、打架，两个都是精力过剩的家伙，且一肚子情绪无处宣泄。

"使点劲儿，苏打，"我听见达瑞嘟囔说，"我都快被你捏睡着了。"

我望向门外，看到苏打正给达瑞按摩后背。达瑞干起活儿来从不心疼身体。最近，他在给人修房顶，爬梯子的时候他非要一次扛着两捆材料。我知道苏打会让他昏昏欲睡。苏打有这本事，只要他想，他能让任何人在他手底下睡着。他一定是心疼达瑞，想让他歇歇。我也是。

达瑞才二十岁，没必要把自己累得像个老大爷。以前上学时他也是个风云人物。他是学校足球队的队长，还入选过年度最佳球员。可惜家里没钱让他上大学，尽管他赢得了体育奖学金。

现在他忙得团团转，上大学的事早被抛在了九霄云外。所以除了偶尔去健身房或跟几个老友去滑滑雪，他哪儿也不去，除了工作还是工作。

我摸摸脸上有瘀青的地方。我照过镜子，这块瘀青确实让我看起来更男人了些。但达瑞非得让我在伤口处贴张创可贴。

我还记得约翰尼挨打之后的惨样。那些大街又不是少爷党家里的，我有权到街上逛逛。约翰尼也从没得罪过他们。可这群少爷党为什么看我们那么不顺眼呢？我们从没主动去招惹过他们啊。我满脑子想着这个问题，差点把作业都耽误了。

随后苏打跳上床，用困倦的声音命令我关灯睡觉。我只好先把第一章看完，便也上床去了。

躺在苏打身边，眼睛盯着墙，脑海中不断浮现出围住我的那群少爷党的脸，还有那个黄毛小子穿的蓝色马德拉斯棉布衬衫。我耳边又响起那个低沉的声音："剪个头吧，油头？"我不由得哆嗦了一下。

"小马，你冷吗？"

"有一点。"我撒谎说。

苏打伸过来一条胳膊，搂住我的脖子，接着又睡意蒙眬地对我嘟囔："你听我说，小马，达瑞虽然吼你，可他是刀子嘴豆腐心……他年纪轻轻就有一大堆事情要操心。你别多想哦，小马。他其实很为你骄傲呢，因为你脑子好使，将来肯定有出息。他管你只是因为你还小，他其实特别爱你。你能明白吗？"

"能。"看在苏打的分儿上，我竭力掩饰住讽刺的语气。"苏打。"我叫道。

"怎么了？"

"你怎么会辍学呢？"我一直没想明白。他退学的时候我难过极了。

"因为我脑子笨啊。所有科目我只有机械和体育能及格。"

"你不笨。"

"不，我笨。你别说话，我告诉你一件事，不过你得保证别告诉达瑞。"

"好。"

"我将来一定要娶珊迪做老婆。等她毕业，等我找份好一点的工作。不过，可能要等到你毕业之后，这样我才能继续帮达瑞分担一点家里的开支。"

"也好。等到我毕业吧，这样起码你还能替我挡一挡达瑞。"

"别这么说，小马。很多时候他都是有口无心……"

"你爱上珊迪了吗？爱上一个人是什么感觉？"

"嗯……"他得意地说，"那感觉美极了。"

才过了一会儿，他的呼吸就变得轻柔规律起来。我转过头，月光下，他的脸俊美得好似降落凡间的希腊神。我很好奇他怎么会长这么帅。随后我又叹了口气。关于达瑞，虽然苏打苦口婆心地说了那么多，可实际上我并没有完全理解。在达瑞眼里，我只不过是一张需要喂食的嘴和一个专门用来吼骂的对象。达瑞会爱我？我想着他那双苍白冰冷的眼睛。看来苏打也有看走眼的时候。达瑞不爱任何人或任何东西，当然，可能除了苏打吧。我几乎没把他当成人类。管他呢，我自我安慰地想。他不在乎我，我也不在乎他。我有苏打就够了，而且他能一直陪我到毕业。我才不管达瑞怎么样呢。可这是自欺欺人，我心知肚明。我总是骗自己，可我又从来没相信过自己。

第二章

　　大力在皮科特街和萨顿街交叉口的路灯下等我和约翰尼。天色尚早，我们还有时间到购物中心的药店转转。我们买了几瓶可乐，拿吸管对着女服务员吹气取乐，然后又在货架中间瞎逛，看看这、看看那，直到老板察觉我们居心不良，把我们请了出去。不过他还是慢了点。出来时，大力的夹克里面已经多了两包烟。

　　随后我们来到路对面，沿着萨顿街朝"野狗"影院的方向走。城里有许多汽车影院，不过少爷党们一般去"出路"和"拉斯提"影院，油头们通常去"野狗"和"松鸦"影院。"野狗"影院是个很乱的地方，打架之事时有发生，有一次有个女孩儿甚至还遭到了枪击。我们四处乱逛，和认识的油头或混混有一搭没一搭地瞎聊。我们一会儿靠在这个人的车窗上，一会儿又跳进那个人的后排座，胡乱打听最近谁又跑路了，谁进去了，谁和谁混到一起了，谁能打得过谁，谁在什么时候偷了什么东西，为啥要偷。这里的每一个人我们都认识。我们到的时候，有个二十三岁的油头和一个搭便车过来的墨西哥人正打得激烈。打红了眼他们就各自亮出弹簧刀，这个时候我们就立马闪人了，因为刀子一亮警察很快就会赶来。只要不傻，谁也不想让警察看见自己和这种事沾上关系。

我们横穿萨顿街，绕到斯宾塞特价大卖场后面。我们在一片空地上看到两个初中生，就连追带赶地把他们撵跑。这时天已经黑得差不多了，正好让我们可以从"好事成双"汽车影院的后围栏偷偷钻进去。这是城里最大的汽车影院，每晚放两部片子，周末四部。可以说，来一次"好事成双"的时间，足够你在城里逛个遍的。

其实我们买得起票，不开车的话一个人只要两毛五分钱，可大力偏偏不是那种循规蹈矩的人。他喜欢用行动告诉别人自己有多不在乎那些条条框框。法律在他眼中啥也不是。他每天都在想方设法违反法律。影院小卖部前面有成排的座椅，我们过去找位置坐下。除了前排坐了两个女孩子，周围一个人都没有。大力冷冷瞥了她们一眼，随即走下过道，在两人后面坐了下来。我的心不由得一沉，他恐怕又要玩平时那套把戏了。果不其然，一坐下来他就开始说话，声音大到足够让那两个女孩儿听见。关键是从他嘴里蹦出来的没一个好词儿，而且越说越不堪入耳。达拉斯能说一天脏话还不带重样的，只要他愿意，而我觉得他现在就在兴头上。我的耳根子越来越热。如果两毛五、史蒂夫，甚至苏打在场，他们一定会随声附和大力，没别的意思，他们的目的就只是让女孩子脸红尴尬。可我对这种把戏毫无兴趣，所以我就傻呆呆地坐在那里。约翰尼同样不习惯这样的场面，匆匆起身买可乐去了。

如果这两个女孩儿和我们油头是同一类人，或许我就不会如此尴尬，甚至还有可能给大力加点油。可她们不是油头，而且她们一看就是有钱人家的姑娘，穿着讲究，长得也漂亮，看着也就十六七岁的样子。她们一个黑色短发，一个红色长发。红发女孩儿明显很烦躁，或者是害怕，只见她坐直了身体，嘴里的口香糖越嚼越快。而另一个女孩儿则假装没听见大力说话。大力渐渐不耐烦起来。他把脚伸到红发女孩儿的座椅背上，朝我挤了挤眼，随后又说了句破他个人纪录的下流话。女孩儿扭头瞪了他一眼。

"把脚拿开！另外，请你闭嘴！"

好家伙，她可真漂亮。我见过她，她是我们学校啦啦队的。我一直认为她是个清高孤傲的女生。

大力看都不看她一眼，脚也一动不动："就不。你能把我怎么着？"

另一个女生扭头瞥了我们一眼："他是偶尔去斯莱许·杰的牧场当骑师的那个油头小子。"她说话那样子，好像我们全是聋子。

同样的语气我都听过上万次了。油头小子，油头小子，油头小子……这一点都不稀奇。可我不明白的是，她们为什么不是坐在车里，而是坐在公共座椅上？我心里想着。这时，达拉斯说话了："我认识你们两个。我在马术表演场上见过你们。"

"可惜你骑牛的功夫连你吹牛功夫的一半都不及。"红发女孩儿转过身，冷冰冰地挖苦说。

大力丝毫没有生气："你们俩参加过绕桶比赛[1]对不对？"

"你最好别骚扰我们，"红发女孩儿咬牙切齿地说，"否则我会报警的。"

"嘿，"大力一脸皮相，"你吓死我得了。宝贝儿，你真该去看看我的案底。"他恬不知耻地龇牙笑着说，"你猜我都犯过

---

1 绕桶比赛是一项传统的牛仔竞技运动，骑手骑着马以最快的速度按照规定线路绕过数个木桶完成比赛。该项运动女性参与者也非常多。

什么事？"

"别烦我们好不好？"女孩儿说，"你干吗不当个好人放过我们？"

大力又咧嘴笑笑，流里流气地说："我从没当过好人。喝可乐吗？"

这时，红发女孩儿已经火了："就算我渴死在沙漠里，也不会喝你一口可乐。拜托你滚远一点，浑蛋。"

大力一副满不在乎的样子，耸耸肩，走开了。

女孩儿忽然看着我。说实话我有点怕她。所有漂亮女孩儿都让我害怕，尤其是有钱人家的。"你也打算骚扰我们吗？"她问。

我立刻摇头，瞪大眼睛说："不。"

见我紧张的样子，她忽然笑了。哦，天哪，她可真漂亮。"你看起来不像那种人。你叫什么？"

真希望她没问。这是我平生第一次不想告诉别人我的名字。"我叫小马·柯蒂斯。"

随后我便等着她们问"你开玩笑吧？"或者"这真是你的名字？"或者其他什么问题，反正别人都会问。小马就是我的大名，说心里话，我还挺喜欢的。

然而红发女孩儿却微微一笑，说："这名字蛮有个性的，也很可爱。"

"我爸爸就是个很有个性的人，"我说，"他给我哥哥起的名字叫苏打，苏打汽水的'苏打'，出生证明上也是那么写的哦。"

"我叫雪莉·华伦斯，不过因为我的头发颜色，大家都叫我樱桃。"

"我知道，"我说，"你是啦啦队的。我们上同一所学校。"

"你看起来不大嘛，不像是上高中的年龄。"黑发女孩儿说。

"是不大，但我小学跳了一级。"

樱桃把我打量了一番："像你这样的好学生怎么跟那种垃圾混在一起啊？"

她的话显然触动了我的某些神经，我感觉到身体僵硬了起来。"因为我和大力一样，也是油头。他是我朋友。"

"不好意思，小马。"她轻声说道，随即转移了话题，"你哥哥苏打，他是不是在加油站上班？我记得好像是……DX加油站。"

"对。"

"嘿，你哥哥长得很帅呢。我早该猜到你们是兄弟了，你们长得很像。"

我骄傲地咧嘴笑笑。其实我和苏打一点都不像，可听到一个富家小姐夸我哥长得帅，这种事可不常遇到。

"他以前是不是也参加马术表演？骑那种有鞍的野马？"

"是，不过他韧带撕裂之后，爸爸就不让他再参加了。但我们还是经常到场，我见过你们两个参加绕桶比赛。你们很厉害呢。"

"谢谢。"樱桃说。另一个女孩儿——名叫玛西亚——也说道："我们怎么没在学校见过你哥哥？他应该也就十六七岁吧？"

我心里一紧。早说过，我最受不了苏打退学的事。"他辍学了。"我含混说道。辍学总让我联想到街上那些游手好闲的小流氓，这形象和我那无忧无虑的哥哥完全不符，倒更像大力。

这时，约翰尼回来了。他在我旁边坐下，先是环顾四周寻找大力，随后腼腆地和两个女生打了个招呼，接着便目不转睛地看起电影来。看得出他很紧张。约翰尼在生人面前一向紧张。樱桃盯着他，像刚刚打量我那样把约翰尼也打量了一遍，然后微微一笑。显然约翰尼并没有让她讨厌。

大力抱着一堆可乐大步走回来。他给两个女孩子各递了一杯，然后挨着樱桃坐下："也许这能让你消消气。"

樱桃难以置信似的看着他，径直把可乐丢在他脸上："也许这能让你清醒清醒，油头。什么时候你学会把嘴巴放干净了和人说话，什么时候能像个正常人一样做事，也许我的气就消了。"

大力用袖子擦去脸上的可乐，阴森地笑笑。如果我是樱桃，这时最该做的就是逃之夭夭。我太了解那笑容的含义了。

"嘀，还挺泼辣。正是我喜欢的类型。"他抬起胳膊便要搂住樱桃，但约翰尼伸手止住了他。

"大力，别闹了。"

"什么？"大力有些猝不及防，他不敢相信地瞪着约翰尼。

约翰尼吓得脸都白了，大气也不敢出。但他咽了口唾沫，还是参着胆子说："你听见了，我说别闹了。"

达拉斯的脸色要多吓人有多吓人，若是换成我或两毛五，或苏打，或史蒂夫，或其他别的什么人，他早就动起手了。没人敢这样命令达拉斯·温斯顿。有次在一家小商品店，一个家伙让大力从糖果柜台前挪开，结果大力转身就抽了对方一皮带，差点把那人的牙都抽下一颗。他发起火来可不管认识不认识对方。但约翰尼是个例外，他是我们这帮人里最得宠的宝贝疙瘩，是宠物。大力不会打他，因为他也是大力的宝贝。

大力站起身，把拳头插进口袋，板着脸，气冲冲地走了，而且到最后也没有回来。

樱桃如释重负："谢谢你，他都快把我吓死了。"

约翰尼赞赏地笑了笑："看不出来。没人敢像你那样和大力说话。"

樱桃也微微一笑："我看你就敢。"

约翰尼的脸红到了耳根子上。我一直盯着他。对大力说出那样的话需要的可不仅仅是勇气——要知道大力是约翰尼的偶像啊，大力踩过的地方他都恨不得趴上去亲一口呢。况且我从没见约翰尼和任何人顶过嘴，而今居然如此对他的偶像。

玛西亚对我们笑笑。她比樱桃小一点，也很漂亮可爱，但樱桃才是真真正正的美女。"你们俩坐过来吧，给我们当保镖。"

我和约翰尼对视一眼。他忽然咧嘴笑了，两条眉毛高高扬起，直到消失在刘海儿后面，眼神分明在说"这下咱们在同伴面前可有的吹了！"我们遇到了两个女孩儿，漂亮女孩儿。不是我们油头阶层中那些膀大腰圆、力大无穷的傻妞，而是来自少爷党阶层的、真正的大家闺秀。等我告诉苏打的时候他一定会羡慕死的。

"好吧，"我故作淡定地说，"有何不可呢？"

我坐在她们两个中间，约翰尼坐在樱桃的另一侧。

"你们俩多大了？"玛西亚问。

"我十四。"我说。

"我十六。"约翰尼说。

"真有意思，"玛西亚说，"我以为你们两个都……"

"都十六呢。"樱桃接过她的话说。

我很感激她这么说。因为约翰尼看起来倒像十四岁的样子，他自己心里也清楚，而且对此特别介怀。

约翰尼笑了笑说："为什么你们那么讨厌大力，却不讨厌我们呢？"

樱桃轻叹一声道："你们两个太可爱了，谁会讨厌呢？首先，你们没有像达拉斯那样满嘴喷粪，而且是你们阻止了他骚扰我们。其次，我们请你们过来坐时，你们并没有表现出可以吃我们豆腐的沾沾自喜。况且达拉斯·温斯顿的臭脾气我早就有所耳闻了，但你们两个看上去却很无害。"

"是啊，"我淡淡地说，"我们还小，正是天真无邪的年龄嘛。"

"不，"樱桃小心翼翼地盯着我，缓缓说道，"不是天真无邪，只是……还没那么脏罢了。你们见过那么多丑恶的东西，不可能还保持天真。"

"其实大力人不坏。"约翰尼为大力辩解道。我表示赞同地点点头。兄弟就是这样，不管他干过什么，我们都会站在他那边。只要你是某个群体的成员，就要维护群体中的每一个人。如果你不为同伴说话，不能和同伴牢牢地团结在一起，彼此亲密得像兄弟一样，那这个群体就无法存在下去。它是一种联系，成员之间互相纠缠、彼此猜忌、争执不休的联系。就像少爷党们的社交俱乐部、纽约街头的帮派，或丛林中的狼群。"他是有点粗鲁，但他也是个很酷的老大哥。"

"如果你们认识的话，他就不会那么骚扰你们了。"我说。这是真的。史蒂夫的表妹从堪萨斯过来时，大力对她就很客气礼貌，说话也十分注意。我们在朋友亲戚家的女孩儿面前都很规矩。我不知道该怎么解释，总之，对于那些我们偶尔会见到的女孩儿，比如谁的表姐、表妹或者同班的女生，我们总是竭力表现出得体的样子。但在街上碰到素不相识的漂亮女孩儿，我们依然会目不转睛地盯着看，还在人家背后说些不三不四的下流话。别问我为什么会这样，因为我不知道。

"哼，"玛西亚斩钉截铁地说，"还好我们不认识。"

"我还挺佩服他的。"樱桃轻声说，可能只有我听到了。随后我们便安静下来，专心看电影。

哦，对了。后来我们总算明白她们俩为什么会坐在公共座位上，而不是坐在车里。她们本来是和各自的男朋友一起的，可她们发现男生们带了酒，便丢下他们自己过来了。男生们觉得很扫兴，一气之下也不管她们了。

"他们爱走不走。"樱桃不屑地说，"我可不想看着他们在电影院里喝得酩酊大醉，那一点都不好玩。"

从她的语气来看，"好玩"很可能是一种比较高级，也很可能需要花钱的事情。不过尽管有这些不愉快，她们还是决定留下来看电影。片子不算新鲜，还是那种海滩派对的类型，没什么情节，也看不出演技，反正就是一堆穿着比基尼的美女晃来晃去，再配上节奏欢快的歌曲，马马虎虎吧，不至于让人昏昏欲睡。我们四个正看得津津有味，突然，一双有力的大手分别落在约翰尼和我的肩膀上。一个低沉的声音说道："我说油头小子，你们俩可真会享受啊。"

我吓得魂儿都要飞了。就像有人突然从门后跳出来大喊一声"鬼呀！"

我战战兢兢地回过头，看见了一脸坏笑的两毛五："妈呀，两毛五，你快把我们吓死了！"两毛五最擅长模仿别人说话，而他刚刚模仿的就是让我心有余悸的少爷党。这时我瞥了一眼约翰尼，只见他紧闭双眼，面如死灰，气都有点喘不上来。两毛五不该吓约翰尼的。我估计他是忘了，现在的约翰尼就像惊弓之鸟。他睁开眼，有气无力地说："嘿，两毛五。"

两毛五拨了拨他的头发。"不好意思啊，小子，"他说，"我忘了。"

他翻过椅子，坐在玛西亚旁边。"这两位是谁呀？你们姑妈吗？"

"是姑奶奶。"樱桃从容说道。

我很难确定两毛五是不是喝多了。没办法，他有时候虽然滴酒未沾，看着却像喝醉的样子。只见他两条眉毛一条朝上挑，一条往下压，这是他惊讶时的标志性反应，还有一个意思是，他可能要说点什么逗人乐的俏皮话了。"天哪，这么说你们起码得有九十多岁了吧？"

"瞧你年纪轻轻眼睛就花了。"玛西亚同样俏皮地回答。

两毛五赞赏地看着她："哟嗬，反应够快的。你们两个花儿一样的姑娘怎么会被小马和约翰尼这样的油头小子撩上？"

"实际上是我们撩的他们，"玛西亚说，"我们的真实身份是阿拉伯奴隶贩子，我们正打算把他们拐走呢。他俩起码能换十头骆驼。"

"五头顶天了。"两毛五说，"他俩可不会说阿拉伯语。约翰尼，你会吗？来两句听听？"

"行了，别耍嘴皮子了。"约翰尼打断说，"刚才大力骚扰她们，大力走了以后她们就让我们坐过来了，好保护她们。可能防的就是你这种满嘴跑火车的油头吧。"

两毛五龇牙一笑,因为约翰尼很少这样说话。按照我们的标准,能让他开口已经是很大的成就了。另外,我们不介意彼此之间互称油头,自己人这么叫反倒有种戏谑和亲切的味道。

"原来如此,大力那家伙呢?"

"不知道跑哪儿去了,要么去喝酒,要么去泡妞,要么找人打架。但愿他别再被抓起来,他放出来还没几天呢。"

"估计要打架。"两毛五兴致勃勃地说,"所以我才来这儿找你们啊。蒂姆帮正在找他呢。蒂莫西·谢泼德先生的车轮胎被人扎了,科利·谢泼德说他看见是大力干的……所以……大力身上带刀了吗?"

"应该没有吧。"我说,"好像带了根管子,上午他把刀弄断了。"

"那就好,只要大力不拿刀,蒂姆应该会公平地和他打一架。单挑的话大力吃不了亏。"

樱桃和玛西亚盯着我们问:"你们不会也信奉这种野蛮粗暴的做法吧?"

"公平较量算不上野蛮粗暴,"两毛五说,"动刀子才叫野蛮呢,还有铁链、手枪、台球杆,以多欺少,打群架。肉搏一点都不野蛮,还是最好的宣泄方式。两个人互相抡几下拳头有什么打紧的？少爷党他们才叫野蛮粗暴。他们经常一群人对付人家一两个人，还有，他们也经常打群架。我们油头也喜欢拉帮结派，可打架向来喜欢一对一单挑。况且大力也是自找的。没事儿扎人家轮胎干吗？最终还得打工挣钱赔人家。而且扎就扎呗，居然还让人看见，这不是活该吗？我们平时虽然抱团，可我们也有一个规矩，那就是不管你干什么坏事，首先要做到不被人发现。反正他可能会挨顿打，也可能不会。无论怎样，我们和蒂姆帮都不至于结下血海深仇。今后有什么事用得着他们了，他们照样会鼎力相助。就算今天蒂姆把大力打一顿，明天又请我们去帮他们打群架，我们也义不容辞。大力这是自作自受，谁让他被人抓了现行呢？被抓了就得付出代价。没啥大不了的。"

"是啊，老兄，"樱桃用讽刺的口气说，"没啥大不了的。"

"是啊。"玛西亚漫不经心地说，"如果他被人打死了，你们挖个坑把他埋了就行。没啥大不了的。"

"说得好，宝贝儿。"两毛五咧嘴笑笑，点上一支烟，"你们抽不？"

我不无钦佩地望着两毛五。他这张嘴可真厉害。虽然他都十八岁了还在上初中，虽然他两鬓的胡子看着比头发都长，虽然他经常喝得烂醉如泥，可他懂的东西还真不少。

櫻桃和玛西亚冲他递上来的烟摇了摇头，不过我和约翰尼各伸手捏了一支。约翰尼的脸终于恢复了血色，呼吸也均匀多了，但他的手还在微微发抖。抽支烟能让他平静下来。

"小马，能陪我去买些爆米花吗？"樱桃问。

我立刻跳起来："好啊，你们也要吗？"

"给我带点儿。"玛西亚说。她已经喝完了大力送给她的可乐。这时我才注意到玛西亚和樱桃的不同。樱桃说过，她就算渴死也不会喝大力送的可乐，她果真说到做到。而玛西亚觉得，这么一杯免费又好喝的可乐，丢掉似乎可惜了。

"我也来点儿。"两毛五说着丢给我一枚五毛硬币，"给约翰尼也捎一份儿……"见约翰尼开始摸口袋，他又加了一句，"我请客。"

我们来到小卖部前。一如既往，这里又在大排长龙，我们只好慢慢等着。几个小鬼扭头看我们——那是自然，一个油头小子和一个出身富贵的啦啦队队员在一起？这可新鲜了。不过樱桃似乎没注意到。

"你朋友没事吧？我是说连鬓胡子那个。"

"如果你想问他是不是和大力一样讨人嫌，那我可以告诉你，他还好。"

她微微一笑，但眼神表明她的心思在别的事情上面。"约翰尼……他被人欺负过，对吧？"她的语气陈述大于疑问，"所以他才会那么畏畏缩缩。"

"是少爷党干的。"我不安地说，因为此刻周围就有许多少爷党，有些正好奇地打量我，好像我不该出现在樱桃身边。我也不想聊这个，我是说约翰尼被打的事。我暗暗加快了语速，因为这件事我连想都不愿意想。

那是差不多四个月之前。有一天，我走路去 DX 加油站买汽水，顺便找史蒂夫和苏打，因为他们一般会请我喝汽水，还允许我帮他们修车。我不喜欢周末去，因为周末总有一大堆姑娘围着苏打，打情骂俏。各种各样的姑娘，其中不乏有钱人家的小姐。我对女孩子不感冒。苏打说我只是情窦未开，长大些就会变了，他就是这样过来的。

那是一个温暖的春日，阳光明媚，不过到我们回家的时候，天色已经暗淡，冷飕飕的。我们是走路回去的，因为史蒂夫的车被我们留在了加油站。我们那个街区的拐角有一大片空地，我们经常在那里踢足球或玩别的东西，当然，那里也是单挑和打群架的好地方。我们走过那片空地，无所事事地踢着脚下的石子，把瓶里最后的一点可乐也倒进嘴里。这时，史蒂夫发现了地上有什么东西，他捡起来，认出那是约翰尼的蓝色牛仔夹克——约翰尼就这么一件夹克。

"看来约翰尼把衣服忘这儿了。"史蒂夫说着把衣服往肩头一搭，准备经过约翰尼家时还给他。可他突然停下来，仔细检查了一遍衣服。发现衣领处有一片铁锈色的污渍。他又看地上，草丛里有同样的污渍。他顿时神情紧张，四下张望。我想我们应该都听到了那低沉的呻吟，也看到了空地另一头那个一动不动的黑影。苏打率先跑过去，只见约翰尼脸朝下趴在地上。苏打小心地把他翻了个身，看到他的脸时，我差点吐了。他被打得惨不忍睹。

约翰尼受伤是常事，我们早已见怪不怪。他爸爸经常打他，我们虽然义愤填膺，却也无可奈何。可眼前他受的伤和他爸爸打的完全不一样。约翰尼的脸上有割伤，而且到处是瘀青，肿得不像人样。从太阳穴到颧骨有道深深的口子，这条疤会陪伴他一辈子。他的白 T 恤已经血迹斑斑。我站在那里，突然一阵恶寒，浑身颤抖。我以为他死了，被打成那样还怎么活得下来啊。史蒂夫闭了会儿眼睛，痛苦地呻吟一声，在苏打旁边跪了下来。

大伙儿瞬间意识到发生了什么。两毛五突然出现在我身旁，他脸上破天荒地没有出现他那标志性的笑容，平时神采飞扬的双眼此刻也变得阴森可怕。达瑞从我家门廊看到了我们，察觉到了不对劲，火烧火燎地跑过来，一个急刹停在我们跟前。大力也在，他小声骂着，把头扭到一边，仿佛受不了眼前的场景。我有点纳闷儿，大力曾在纽约西区见过有人横死街头，为什么此刻倒不敢看了呢？

"约翰尼？"苏打扶起他的上半身，用肩膀撑起他的头，而后轻轻晃了晃他了无生气的身体，"嘿，尼仔？"

约翰尼没有睁眼，却轻轻问了句："苏打？"

"对，是我。"苏打说，"别说话了，你不会有事的。"

"他们好几个人。"约翰尼没有听苏打的建议，他艰难咽了口唾沫，继续说道，"开着一辆……蓝色野马……我很害怕……"他想赌咒骂娘，却控制不住地哭了起来，而且越哭越厉害。我曾见过约翰尼被他老爸拿着木板子抽，他连吭都没吭一声。所以他现在这个样子更叫人心疼。

苏打扶着他，把他的头发从眼前拨开："没事了，尼仔，他们已经跑了。没事了。"

终于，约翰尼平静下来，抽抽噎噎地叙述了一番他的遭遇。原来他一个人在空地上练习踢球，一辆蓝色野马跑车在空地边停下来，车上下来四个少爷党。他们抓住约翰尼，其中一人手上戴了很多指环，就是那些东西刮花了约翰尼的脸。他们把约翰尼打了个半死，这没什么，他不怕揍，只是被吓得不轻，因为他们对他百般恐吓威胁。约翰尼本来就有些神经质，在家里动不动就挨打，父母天天争吵不休。生在那样的环境下，一般人都会变得乖张叛逆，约翰尼早就受不了了。不过他可不是胆小鬼，打群架约翰尼从没怂过。对朋友他忠诚不贰，见了警察也一向守口如瓶。可自从被打之后，约翰尼就变得更加神经质。我觉得他的心已经蒙上了一层阴影，而且很可能一辈子都挥之不去。从那时起，约翰尼再也不敢一个人走路。以前他是我们中间最遵纪守法的，可如今他的屁股兜里总是装着一把六英寸长的弹簧刀。下次要是再被人欺负，说不定他真会用上。那帮人给他造成的恐惧无法想象，所有的宣泄都将落在下一个人身上。他不会再任人欺负成那个样子，除非他死了……

我沉浸在故事里，差点忘了樱桃的存在。当我回到现实中，看着她，不由得吃了一惊——她的脸白得像纸一样。

"并不是所有的富家子弟都那样，"她说，"你要相信我，小马。我们不是全都那样。"

"当然。"我说。

"这就好比并非所有的油头小子都像达拉斯·温斯顿那样。我敢打赌他也一定劫过人。"

我想了想，好像是这个道理。大力劫过人。听他讲他在纽约打家劫舍的那些事时，我经常被吓得汗毛直竖。但并不是我们所有人都干过那么多坏事。

　　樱桃脸上惊恐的表情渐渐淡去，只剩下一丝忧伤："我想你一定认为少爷党——那些有钱人家的孩子——都是含着金汤匙出生的吧？实话告诉你，小马，你可能不信，我们也有你听都没听说过的烦恼。你知道吗？"她直视着我的眼睛说，"家家有本难念的经啊！"

　　"我相信你。"我说，"咱们还是赶快买了爆米花回去吧，要不然两毛五会以为我拿着他的钱跑了呢。"

　　我们回到座位继续看电影。玛西亚和两毛五挺聊得来，他们都是风趣幽默之人。可樱桃、约翰尼和我却只是安安静静地坐在那里看电影，什么话都没有再说。我不再胡思乱想，抓紧时间享受着这宝贵的时光——我坐在一个漂亮的女生旁边，而且不必听她骂骂咧咧，她也不会逼得我想抄起棍子把她打跑。我知道约翰尼也乐在其中，他很少和女生说话。达拉斯进少年感化院后，西尔维娅勾引过约翰尼，对他不知道说了多少甜言蜜语。后来史蒂夫逮到她，威胁说，她要是再敢去调戏约翰尼，就给她点颜色瞧瞧。随后，史蒂夫又给约翰尼上了一堂女人课，告诉他说，像西尔维娅那种水性杨花的女人会给他带来一大堆麻烦，所以约翰尼不怎么和女生说话，但至于是因为他怕史蒂夫，还是因为他太害羞，我就无从得知了。

有一次我们在市中心认识了几个女生后，两毛五也给我上了一课。我觉得这事挺有意思，因为女生这个话题长盛不衰，就连达瑞也觉得我唯独在这个话题上才舍得动下脑子。更有意思的是，两毛五教育我的时候都已经喝得半醉了，所以什么话都说得出口。他讲的有些事情让我听了脸红心跳，恨不得钻到地缝里去。可他说的全是西尔维娅，或者他和大力或其他人在汽车影院或市中心勾搭上的那类女孩儿，关于有钱人家的小姐他向来只字不提，大概那是他的知识盲区吧，所以我觉得和这些小姐在一起坐坐应该也没关系。尽管我身边这位姑娘居然说少爷党也有自己的烦恼。我想象不出他们能烦恼些什么。他们拿着漂亮的成绩单，开着漂亮的车子，身边坐着漂亮的姑娘……好家伙，要是我也有他们那样的烦恼，恐怕做梦都会笑醒吧。

但我现在明白了。

第三章

　　电影结束时我才突然想到，樱桃和玛西亚怎么回家还是个问题。两毛五大胆提议说走路送她们回去——用他的话说，这儿离她们家所在的西区也不过二十来英里[1]。但她们的意思是给家里打个电话让家人来接。不过，最终两毛五说服她们同意了让我们开两毛五的车子送她们回去。我猜她俩对我们可能还是有点不太放心吧，甚至有点害怕？但在去两毛五家取车的路上，这种感觉就渐渐消失了。对我而言尤为有趣的一件事是，我发现这些有钱人家的孩子——如果这两个女生可以作为例子的话——其实和我们是一样的。她们喜欢披头士，觉得猫

1　1英里等于1609.344米。

王过气了；我们觉得披头士俗气，猫王才够档次。不过，在我看来这似乎是我们之间唯一的差别。当然，油头阶层的女生大多要粗犷一些，但她们最基本的共同点还是有的。我想她们之间最大的差异可能是金钱导致的吧。

"不，"对此樱桃小声提出了反对意见，"不单单是钱的问题。有这个原因，但不全是。你们油头阶层拥有一套完全不同的价值观。你们更重感情，而我们则更为世故，对什么都很冷漠，人与人相处也很虚伪。不怕你们笑话，和姐妹聊天时偶尔我也会发觉，我说的大部分话都是言不由衷的。我并不觉得在河床上举办啤酒狂欢派对是很酷的事，可我还是会兴致勃勃地向姐妹谈起，只是为了找个聊天的话题。"她冲我微笑一下，"这些话我没对任何人说过，你可能是第一个让我说心里话的人。"

显然她是信得过我的，大概因为我只是个油头小子，年纪也不大，用不着提防。

"我们这种情况就如耗子赛跑。"她说，"我们总是闷着头向前，向前，向前，却从不问自己到底要去哪儿。你有没有听过一种说法，就是让自己拥有的比自己想要的还多？这样你就不会再渴求别的东西，转而开始寻找自己真正需要的东西。我们似乎一直在寻找能让自己满意的东西，只是一直没有找到。

也许，如果我们能丢掉冷酷的面具，就能找到了。"

确实，有钱人总是躲在高傲的围墙后面，生怕被人发现真实的自我。我曾见过少爷党聚众斗殴。天哪，他们连打群架都是一副冷冰冰的样子，一个比一个现实，好像跟自己关系不大。

"这就是我们产生隔阂的原因，"我说，"不是钱的问题，是感情。你们对什么都冷漠，而我们对什么都太热切。"

"还有，"她竭力掩饰嘴角的笑意，"可能这也是我们轮流上报纸的原因吧。"

两毛五和玛西亚几乎没听我们说话。他们俩正聊得起劲儿，而且聊的话题除了他们自己，别人谁都听不懂。

其实我也是个沉默寡言的人，和约翰尼差不多。两毛五总说他很纳闷儿我和约翰尼怎么会这么铁。"你们俩在一块儿肯定特有意思，"他扬起一侧眉毛说，"你一言不发，约翰尼不发一言。"可我和约翰尼即使一句话不说也总能明白对方的意思。除了苏打，没有人能让我开口说话。不过那都是在我遇到樱桃之前了。

我不知道为什么在她面前我能侃侃而谈，毫不紧张。大概和她能与我说话的原因相同吧。反正不知不觉间，我已经和她聊起了米老鼠。我指的可不是动画片，米老鼠是苏打那匹马的名字。我从没和任何人说过苏打的马，这是私事。

苏打曾有一匹灰黄色的马。实际上那匹马并不是他的，而属于另一个家伙。那人把马留在养马场，而苏打在养马场打工。可虽然如此，苏打却称得上是米老鼠独一无二的主人。第一眼见到它，苏打就说："这匹马是我的了。"我从未怀疑。那时我才十岁。苏打特别喜欢马，真的，喜欢到痴迷的程度。他经常去养马场和马术表演场，一有机会就跳到马背上。十岁时，我觉得米老鼠和苏打很像。实际上他们确实挺像的。米老鼠那时只有三四岁的样子，浑身上下呈深金色，性子活泼，脾气暴躁。只要苏打叫它，它就小跑着过去。别人叫，它却爱搭不理的。这匹马喜欢苏打，它经常站在苏打身边，嚼他的袖子和衣领。天哪，那匹马简直让苏打着迷。他每天都去马厩看它。米老鼠脾气不好，经常踢别的马，还惹各种各样的麻烦。"我怎么养了一匹这么淘气的马呀，"苏打一边抚摩着它的脖子，一边说，"你怎么这么皮呀，米老鼠？"米老鼠无动于衷地嚼着苏打的袖子，有时还会咬到他的肉，不过不疼。也许米老鼠是别人的财产，却正儿八经是苏打的马。

"那匹马苏打现在还养着吗？"樱桃问。

"早卖掉了。"我说，"挺突然的，有一天他们过来就把马牵走了。米老鼠很值钱，它是纯种马。"

她没再说什么，我暗暗感激。因为如果她再问下去我就不知道该怎么说了，我总不能告诉她米老鼠被卖掉很久之后，苏打还经常在深夜里放声痛哭吧？说实在的，我也哭过，为苏打哭。因为苏打长那么大从没真正渴望过什么，除了一匹马，这匹马却被人卖掉了。当时苏打还不到十三岁。他从来没有把自己的想法告诉过爸爸或妈妈，因为他知道说了也没用。我们家本就入不敷出，哪里买得起马呢？在我们那样的街区，十三岁的孩子就已经明白事理了。为此我攒了一年的钱，希望有朝一日能替苏打把米老鼠买回来。十岁小孩儿的想法就是那么简单。

"你看过很多书对不对，小马？"樱桃问我。

我吓了一跳："是，你怎么知道？"

她微微耸了耸肩。"我就是知道。我敢打赌，你也爱看日落吧？"我点头之后，她沉默了片刻，"以前我也爱看日落，可后来一忙就……"

我试着想象那样的画面。也许樱桃出门倒垃圾的时候，会面朝夕阳静静伫立。看着落日，她会忘掉周围的一切，直到她的哥哥大声催促。我摇摇头。她从她家院子里和我从我家后院台阶上看到的落日是同一个呢。这事儿想想似乎挺好笑的，看来我们所处的世界并非完全不同嘛。我们能看到一样的落日啊。

玛西亚突然惊呼："樱桃，你快看谁来了！"

我们抬眼望去，只见一辆蓝色的野马跑车从对面驶来。约翰尼喉咙里发出一个轻微的声音，我看他时，发现他像见了鬼一样脸色煞白。

玛西亚也紧张起来："我们怎么办？"

樱桃咬着指甲说："还能怎么办？站在这里别动。"

"谁呀？"两毛五问，"联邦调查局吗？"

"不，"樱桃黯然答道，"是兰迪和鲍勃。"

"还有其他几个穿花格子衬衣的社会精英。"两毛五用讽刺的口吻说。

"是你们的男朋友吗？"约翰尼的声音还算平静，可因为我离他最近，所以还是能看出他在发抖。我心里纳闷儿——约翰尼虽然有些神经质，可也不至于这么胆小吧？

樱桃开始继续向前走："也许他们不会看到我们。装得正常一点。"

"装什么装？"两毛五咧嘴笑道，"我本来就很正常啊。"

"但愿别正常过头。"我嘟囔说。

两毛五瞥了我一眼："小马别多嘴。"

野马跑车从我们身边缓缓驶过，继而开走了。

玛西亚松了口气，拍着胸口说："好险好险。"

樱桃朝我扭过头："跟我说说你大哥吧，你好像不怎么提他。"

我想了想，耸耸肩说："有什么好说的呢？他高大威猛，人又帅，喜欢踢足球。"

"我是问你他是个什么样的人。根据你刚才说的那些，我对苏打已经有所了解，现在说说达瑞吧。"见我沉默不语，她又催我，"他是像苏打那样属于豪放型的，还是像你这样属于……婉约型的？"

我脸一红，不由自主地咬住了嘴唇。达瑞……达瑞是个怎样的人呢？"他……"我想说他是个不错的老大哥，可我说不出口，遂气愤地说，"他一点都不像苏打，更不像我。他这个人铁石心肠。眼睛冷得像冰。他觉得我是个累赘。他喜欢苏打，大家都喜欢苏打，可他受不了我。我敢打赌他一定很想找个孤儿院把我塞进去，而且如果没有苏打挡着，他铁定会那么做。"

两毛五和约翰尼同时瞪大眼睛盯着我。"不……"两毛五惊讶地说，"不，小马，你这么说可不对，不对……"

"乖乖，"约翰尼轻声说，"我还以为你们兄弟三个关系很好呢。"

"可惜不是你想的那样。"我咬牙切齿地说。此刻我感觉自己好傻。从滚烫的耳根子可以判断出我的脸一定通红通红的，幸亏是晚上。我这是在发什么神经啊？和约翰尼家比起来，我们家简直像天堂了。至少达瑞不会整天醉醺醺的，不会打我，更不会把我赶出家门，况且我还有苏打可以依赖。想到这里我更加气恼，让我气恼的是自己当着这么多人的面说出那样的傻话。"闭嘴，约翰尼，谁都知道你在家里也不招人待见。可这也不能全怪他们。"

约翰尼的眼睛瞪得又大又圆，眼皮不自然地抽动了一下，仿佛刚刚被我抽了一皮带似的。两毛五冲我头上来了一巴掌，打得很重。

"你给我闭嘴，小子。要不是因为你是苏打的弟弟，我就揍你了。你怎么能那样说约翰尼呢？"他把一只手放在约翰尼的肩膀上，"他是有口无心的，约翰尼。"

"对不起。"我痛苦极了，约翰尼是我的好哥们儿啊，"是我昏了头了。"

"你说得也没错。"约翰尼苦笑着说，"我不在乎。"

"别那么说。"两毛五拨弄了一下约翰尼的头发，严肃地说，"没有你，我们这帮人就得散伙儿，所以你不要啰唆了。"

"这不公平！"我声嘶力竭地吼道，"老天凭什么让我们承受这么多苦难！"我不知道自己在吼什么，但我心里想的是约翰尼那嗜酒如命的爸爸和自私懒惰的妈妈；想的是两毛五的爸爸抛妻弃子，他妈妈为了养活他和妹妹不得不去酒吧当招待；想的是大力——粗野狡诈的大力，他显然已经成了一个混混，可如果他不这样就没办法生存下去；我还想到了史蒂夫，想到他对自己父亲的怨恨，想到他的暴脾气。苏打为了供我上学，他自己辍学去打工。达瑞为了扛起这个家，一个人打两份工，结果还没有享受年轻快乐的日子就开始老了。而那些有钱人家的孩子却逍遥快活、衣食无忧，手里的钱多到花不完。他们骚扰我们，拿我们取乐。他们动不动就搞啤酒派对，在河床上狂欢，因为除了吃喝玩乐他们也没别的事可做。生活不易，可不易的生活只存在于东区。我觉得这不公平。

"我知道。"两毛五温和地笑笑，"好事从来落不到我们头上。可人生就是这样啊，你喜不喜欢都得接受。"

樱桃和玛西亚默不作声，大概她们也不知道该说些什么。我们几乎忘记了她们俩的存在。然而这时，那辆蓝色野马又开回来了，而且速度更慢。

"糟了，"樱桃无奈地说，"他们发现我们了。"

野马跑车在我们身旁停住，前排两个年轻人下了车。他们自然是少爷党，其中一个人身穿白衬衫和马德拉斯棉布滑雪衫，另一个人穿着浅黄色衬衫和酒红色毛衣。那天晚上，看着他们的衣服，我第一次意识到，我总共只有两件衣服：一条牛仔裤和一件苏打的截了袖子的旧海军运动衫。我咽了口唾沫。两毛五打算把衬衣下摆塞进裤腰，但塞了一半又放弃了。随后他支起夹克领子，点上一支烟。然而实际上，那两个人就像没看到我们一样。

"樱桃、玛西亚，你们听我们解释……"那个穿着深色毛衣、模样挺帅气的黑发小伙子首先开口说。

约翰尼的呼吸粗重起来。我注意到他一直盯着那个年轻人的手。那人手上戴了三枚粗大的指环。我瞄了一眼约翰尼，顿时了然。我记得约翰尼说过，打他的那帮人开的也是一辆蓝色野马，而他的脸就是被对方的指环给划伤的……

年轻人的声音突然打断我的思绪："……上次我们是有点儿喝多了……"

樱桃满脸生气的样子："有点儿喝多了？你把东倒西歪、在街上醉得不省人事叫作有点儿喝多了？鲍勃，我说过，只要你喝酒，我就不会跟你出去，我说到做到。你喝醉之后什么事都可能发生。你要找我就别喝酒，喝酒就别来找我。"

另外一个年轻人个子较高，留着类似披头士那样的头发，他转向玛西亚说："亲爱的，你知道我是不常喝醉酒的……"

玛西亚瞪了他一眼，这把他惹火了，"可即便你们生我们的气，也不该和这些流氓一起逛街啊。"

两毛五深吸了一口烟，约翰尼也故意显出痞痞的样子，垂着肩，拇指钩在裤兜里，我把身体挺得笔直。装狠谁不会啊？两毛五把胳膊肘支在约翰尼肩上："你说谁流氓呢？"

"我说，油头，我们后排座上还有四个人呢……"

"那我就心疼你的后排座一秒钟吧。"两毛五对着天空说。

"你们要是想打架……"

两毛五毫不畏惧地扬起一侧眉毛，那样子看起来更酷了。"你的意思是说你们人多不怕喽？好啊……"他捡起一个空汽水瓶，敲掉瓶底，递给我，随后从屁股兜里摸出他的弹簧刀，亮出刀刃，"那就试试吧，伙计。"

"别！"樱桃大喊，"住手！"然后她又看着鲍勃说，"我们跟你们回去，不过先等一分钟。"

"拦我们干吗？"两毛五问，"我们才不怕他们呢。"

樱桃浑身颤抖："我最见不得别人打架……我受不了……"

我把她拉到一旁。"我不会用这个的，"我说着丢下手里的烂瓶子，"我不想伤害任何人……"我必须得告诉她，因为两毛五亮出刀子时，我看到了她眼睛里的恐惧。

"我知道，"她低声说，"但我们最好还是跟他们回去。小马……我想说……如果在学校餐厅或别的什么地方我遇到你却没有和你打招呼，不要怪我，那并非我的本意，而是因为……"

"我知道。"我说。

"我们不能让爸妈看到我们和你们在一起。你是个很不错的男生……"

"没关系。"我说，这一刻我真希望自己已经死了，被埋在某个地方，或至少让我穿件像样的衬衣，"我们不是同一阶层的人。只是请你记住，我们中间也有人欣赏日落。"

她飞快地扫了我一眼。"我可能会爱上达拉斯·温斯顿的，"她说，"但愿我和他不会再见面，否则我真会爱上他。"

野马跑车在轰鸣中驶远了，留下我目瞪口呆地站在原地。

我们继续往家走，大部分时间谁都不说话。我很想问问约翰尼，刚刚那两个家伙是不是就是打他的那些少爷党，可我忍住了。约翰尼最不愿意说的就是那件事，我们也不好提起。

"嘿，这是我见过的最漂亮的两个姑娘了。"两毛五在空地边坐下，打了个哈欠说。他从口袋里掏出一张纸片，撕了个粉碎。

"你撕的是什么？"

"玛西亚的电话号码，多半是假的。我肯定是脑子进水了才问她要的，估计是喝多了。"

看来找我们之前他喝了酒。两毛五很聪明，好多事他都看得很透。"你们要回家吗？"他问。

"现在还不想回。"我说。我想再抽支烟，看会儿星星。我只要在晚上十二点之前回家就行，现在似乎还早。

"我都不知道刚才为什么要给你那个烂瓶子，"两毛五说着站起身，"你肯定不会用的。"

"那可不一定，"我说，"你要去哪儿？"

"打台球，打牌，或者再喝点儿。谁知道呢？明天见啦。"

我和约翰尼躺在地上，望着天上的星星。我冷得直哆嗦——夜里还是很凉的，而我只穿了件破汗衫，不过只要能看星星，就算气温在零摄氏度以下我也不怕。约翰尼的烟头在黑暗中一闪一闪的。我突发奇想，不知道那燃烧的灰烬里面是怎样的景象……

"因为我们是油头，"约翰尼说，我知道他在说樱桃，"我们会坏了她的名声的。"

"我想也是。"我说，心里却在考虑，要不要把樱桃说的她可能会爱上达拉斯的话告诉约翰尼。

"好家伙，那车真是太拉风了。野马就是拉风。"

"有钱人家的少爷嘛，没办法。"我故作不屑地说，心里却着实酸溜溜的。真不公平，我们和那些少爷都是一样的人，他们却什么都有。我们生下来就是油头，这不是我们的错。我既做不到像两毛五那样逆来顺受，也做不到像苏打那样随遇而安，或像大力那样把自己变得铁石心肠，对任何事都漠不关心，或者干脆像蒂姆·谢泼德那样苦中作乐。我胸中的苦闷越积越多，我知道，倘若没有发泄的出口，我的身体迟早会爆炸。

"我实在受不了了，"约翰尼一语道出我的感受，"再这么下去我会自杀的。"

"不要，"我警觉地坐起来，"约翰尼，千万不要自杀。"

"好吧，我不会的，可我得做点什么。我想这世界上总该有个地方，那里没有油头党和少爷党，只有人，普普通通的人。"

"肯定在大城市外面，"我重新躺下，"在乡下……"

乡下……我喜欢乡下。我想离开大城市，离开这不属于我的满眼繁华。我只想躺在一棵树下，读一本书，或画一幅画，不必担心被人欺负，不必出门还要带着刀，最后也不用娶一个沉闷无趣、憨头憨脑的彪悍女人做老婆。乡下应该就是那个样子吧，我想象着。我会养一只小黄狗，像过去那样。苏打也可以要回他的米老鼠，骑着它去参加每一场马术表演。达瑞也不再冷若冰霜，他又变回八个月之前 —— 也就是爸妈去世之前 —— 的温和样子了。既然是做梦，我干脆让爸妈死而复生……妈妈又给我们烤了巧克力蛋糕，爸爸每天早起开着皮卡车去喂牲口。他会拍着达瑞的后背，说他马上就要变成一个男子汉，说他们爷儿俩是一个模子刻出来的。他们会像从前一样亲密融洽。或许约翰尼也可以搬来和我们同住，我们这帮朋友每逢周末就出来聚聚。说不定达拉斯最后也会发现，这世界依然存在美好的东西。妈妈会和他谈心，让他不由自主地笑。"你妈妈真好。"大力以前常说，"她很开明。"有她的开导，大力能少惹许多麻烦。另外，我妈妈还是个金发美女……

"小马，"约翰尼摇晃着我的身体，"嘿，小马，醒醒。"

我坐起来，打了个冷战。星星已经移了位。"天哪，现在几点了？"

"不知道，听你絮絮叨叨地说了那么多，我也睡着了。你快回家吧。我大概要在这里待一晚上呢。"约翰尼的父母不在乎他夜里回不回去。

"好吧。"我打了个哈欠，天哪，好冷，"你要是冷了就到我家去。"

"行。"

我开始往家跑。一想到要面对达瑞我就不寒而栗。家里的门廊灯开着。也许他们都睡着了，我可以悄悄溜进去。我趴在窗口偷偷窥望。苏打四仰八叉地躺在沙发上，睡得正酣，达瑞却坐在台灯下的扶手椅上看报纸。我咽了口唾沫，轻轻打开门。达瑞从报纸后抬起头，"噌"的一下便站起身。我站在原地，咬着手指甲，一动也不敢动。

"你去哪儿了？知不知道现在几点了？"他很久没发过这么大的火了。我无言以对，默默摇了摇头。

"那我告诉你，现在已经是凌晨两点了。要是再过一个小时你还没回来，我就只能报警了。你去哪儿了，小马？"他随即又提高了音量，"你到底跑哪儿去了？"

我结结巴巴地说："我……我在空地上睡着了……"我觉得这解释无论如何都挺傻的。

"你什么？"他吼了起来。苏打从沙发上坐起身，揉揉眼睛。

"嘿，小马回来了，"他睡眼惺忪地说，"你小子跑哪儿去了？"

"我不是有意的，"我恳求达瑞，"我和约翰尼在那儿聊天，结果说着说着我们俩都睡着了……"

"难道你就没想过我和你二哥在家里会有多担心？你就不怕我们去找警察吗？那样的话，你可能还没明白过来就被送进孤儿院了。哼，你在空地上睡着了？小马，你怎么搞的，能不能动动脑子？你连外套都没穿啊。"

愤怒，委屈。泪水开始在眼眶里聚集。"我说了我不是有意的……"

"不是有意！不是有意！"达瑞的吼声吓得我一哆嗦，"我没想到！我忘了！你从来都是这些话！除了这些你就不能想点别的说辞吗？"

"达瑞……"苏打想劝两句。可达瑞扭头对他说："你闭嘴！每次你都护着他，我受够了！"

他不该吼苏打。谁都不能吼我的二哥。我终于爆发了。"你不要吼他！"我大喊一声。没想到达瑞转身就给了我一个耳光。我一个趔趄，撞在门上。

屋里突然一片死寂。我们三个都僵在原地。在这个家里从来没人打过我。没人。苏打目瞪口呆。达瑞看看自己通红的手掌，又看看我。同样不敢相信似的睁大了双眼。"小马……"

我转身跑出门去，沿着大街一路狂奔。达瑞在后面大喊："小马，我不是存心的。"此时，我已经跑到空地上，假装没听见。我要离开这个家，很明显达瑞不想看见我。既然如此，我也没必要再待下去。我不会再给他打我的机会。

"约翰尼？"我喊道，结果他几乎在我脚下一骨碌爬起来，吓了我一大跳，"走，约翰尼，咱们不在这儿待了。"

约翰尼什么也没问。我们一连跑了好几个街区，直到两个人都气喘吁吁，然后换成走的。这时我已经哭开了。最后我在马路边坐下，脸趴在胳膊上痛哭起来。约翰尼坐在我旁边，一只手搭在我的肩膀上。"没事了，小马，"他柔声说道，"我们不会有事的。"

我终于平静下来，用光胳膊擦了擦眼睛，在颤抖的呜咽中喘着气："还有烟吗？"

他递给我一支，并划着火柴。

"约翰尼，我很害怕。"

"别怕。你都吓到我了。出什么事了吗？我从没见你哭得这么痛苦。"

"我很少哭。是达瑞，他打我了。我也不知道怎么回事，反正我就是受不了他对我大吼大叫，还动手打我。我不知道怎么搞的……有时候我们相处得还不错，可突然他就对我大发雷霆，要么就是整天唠唠叨叨。他以前不是这样的……过去我们关系很好……那是我爸妈出事之前。可现在我好像成了他的眼中钉。"

"我倒希望我爸爸揍我。"约翰尼叹息道，"那样我起码知道他眼睛里还有我。可现在倒好，我回到家，没一个人搭理我；我出去，也没一个人问我；甚至我整晚不回家也没人注意到。你至少还有苏打，可我呢？没人在乎我的死活。"

"胡说。"我从自己的痛苦中惊醒过来，"你有我们啊。你看大力今天晚上就没有把你怎么样。为什么呀？因为你是大家的宝贝。天哪，约翰尼，咱们这帮人都是你的死党。"

"可这和家人关心你还是不一样的，"约翰尼淡淡地回答，"就是不一样。"

我逐渐放松下来，开始思考离家出走到底算不算好主意。我困得眼皮直打架，又冷得要命，只想回到温暖舒适的床上，被苏打搂着好好睡一觉。于是我决定回家，但拒绝和达瑞说话。那是达瑞的家，也是我的家。如果他乐意把我当空气，我无所谓。但他不能挡着我回自己的家。

"咱们到公园转转吧，也许等我气消了就能回家了。"

"好吧，"约翰尼轻松地说，"走。"

我想，一切都会好起来的。还能再糟到哪儿去呢？可惜我错了。

第四章

公园有两个街区大小，中央有座喷泉和一个不大的儿童游泳池。入秋之后泳池里便没了水，但喷泉依然开开心心地喷洒着。公园里栽了许多高大的榆树，白天浓荫蔽日，夜里则更显幽暗，很适合我们这样的人来闲逛。但我们还是更喜欢家附近的空地，而蒂姆帮又格外中意铁路旁边的小巷，因此这公园幸运地成了恋爱中的情侣和小孩子们的天地。

凌晨两点半，公园里鲜有人影。这真是一个放松心情、使人冷静的好地方。我冻得半死，就差变成冰棍儿了。约翰尼把牛仔夹克拉得严严实实的，还竖起了领子。

"你肯定快冻死了吧，小马？"

"你说对了。"我一边抽烟一边搓着胳膊。我刚开始说起一部电影，里面有喷泉表面结冰的情节，这时突然响起汽车喇叭声，吓了我们一大跳。那辆蓝色的野马跑车正绕着公园缓慢行驶。

约翰尼低声骂了句什么，我也咕哝说："他们想干什么？这是咱们的地盘。他们少爷党跑东区来干什么？"

约翰尼摇摇头："不知道。但我敢打赌他们在找我们，因为咱们撩了他们的妞儿。"

"嘿，这可好极了，"我叹息道，"我还以为今晚就这样了呢。"我抽了最后一口，把烟头放在地上，用脚后跟踩灭，"要不要撤？"

"晚了，"约翰尼说，"他们过来了。"

五个少爷党径直朝我们走来，看他们蹒跚的姿态我估计这些家伙都喝了不少。我心里不由得害怕起来。对付这类人，有时候只需摆出一脸不屑的样子，放几句狠话就能把他们吓跑。可如今我们人数是五比二，而他们又喝了酒，这一招就不好使了。约翰尼的手摸向后兜，我想起来他带着弹簧刀。此刻我真希望手上还拿着那个烂瓶子。我会让这帮人瞧瞧，逼急了我也不是吃素的。约翰尼怕得要死。真的，他的脸白得像幽灵，眼睛却好似看到了幽灵。那惊恐万状的样子活像被困在陷阱里的小动物。我们退到喷泉边，少爷党们围住了我们。他们浑身的酒味和古龙水味熏得我差点吐出来。这会儿我只盼着达瑞和苏打能出来找我，我们有四个人的话就不怕他们了，可周围连个鬼影都没有。看来我和约翰尼只能孤军奋战了。约翰尼摆出一脸凶狠的样子，只有认识他的人才能看出他藏在眼睛里的恐慌。我冷冷地注视着这几个少爷党。虽然心里怕得要命，但我们打死也不会让他们看出来。

这伙人里有兰迪和鲍勃，还有其他三个没见过的家伙。他们认出了我们，我知道约翰尼也认出了他们。他瞪大眼睛盯着鲍勃手上那在月光下闪闪发亮的指环。

"嘿，真是冤家路窄啊，"鲍勃舌头打着结说，"这不是抢我们姑娘的那两个油头吗？嘿，油头。"

"这里不是你们的地盘，"约翰尼低声警告道，"你们最好注意点儿。"

兰迪骂了一句，几个人又上前逼近了些。鲍勃瞥了眼约翰尼："不，伙计，该注意点儿的是你们。下次再想泡妞，就去找你们的同类，杂碎。"

我气坏了，恨他们恨得牙齿痒痒，随时都有可能失去理智。

"你们知道油头是什么吗？"鲍勃问，"油头就是留长头发的白人垃圾。"

我感觉浑身的血直往头上冲。我受过各种各样的气，可这样的羞辱还是第一次。约翰尼发出低沉的声音，眼睛里冒出熊熊怒火。

"你们知道少爷是什么吗？"我针锋相对地回击道，因为愤怒，我的声音有些颤抖，"开野马、穿马德拉斯棉的白人垃圾。"由于想不出更犀利的词，我冲他们吐了口口水。

鲍勃皮笑肉不笑地摇摇头："油头，你该洗个澡，再做个体检。我们有一整晚的时间，不如给这小子洗个澡吧，戴维？"

我往旁边躲闪，试着逃走，可那家伙抓住了我的胳膊，并用力拧到后背上，然后直接把我的脸按进了喷泉池子。我拼命挣扎，可后脖颈上的那只手实在有力，我只好努力憋气。这次我死定了，我心里想着，不知道他们在怎么欺负约翰尼。我憋不了太久的气，只好不顾一切地反抗，可结果只是不停地呛水。我要淹死了。这帮家伙太过分了……我的意识逐渐模糊，变成一片红色。我慢慢瘫软下来。

接下来我只知道我躺在喷泉旁边的人行道上，不停地咳嗽、喘气。我浑身无力，吸进空气，呕出肚子里的水。冷风吹着我湿淋淋的衬衣和滴水的头发，牙齿不由自主地打着冷战。我终于撑起身体，靠在喷泉池壁上，任水从脸上哗哗淌下。这时我看到了约翰尼。

他就坐在我旁边，一只胳膊肘支在膝盖上，茫然地看着前方。他的脸白得发绿，两只眼睛瞪得像铜铃一样。

"我杀人了，"他缓缓说道，"我把那小子杀了。"

那个样子挺帅的少爷党，名叫鲍勃的，蜷缩着身体躺在月光下，一动不动。他身下有一摊深色的东西在不断扩大，并缓缓漫延至蓝白色的水泥地。我看了眼约翰尼的手，他紧紧攥着那把弹簧刀，刀身上也是一片深色。我忽然一阵反胃，全身的血霎时变得冰凉。

"约翰尼，"我忍着头晕说道，"我感觉快吐了。"

"吐就吐吧，"他依然用冷静的语调说，"我不会看你的。"

我转过头吐了一会儿。随后继续靠在池子上，闭上眼，免得看到躺在血泊中的鲍勃。

这肯定不是真的。不是真的，不是……

"你真把他杀了吗，约翰尼？"

"是。"他的声音微微发颤，"我没办法，他们都快把你淹死了，小马。而且他们还有刀……他们要过来打我……"

"就像……"我咽了下口水，"就像他们上次那样？"

约翰尼沉默了片刻。"对，"随后他说，"就像上次那样。"

至于我失去意识之后的事，约翰尼说："我捅了他之后，他们就跑了，全都跑了……"

听着约翰尼平静的叙述，我忽然一阵恐慌。"约翰尼！"我几乎尖叫道，"我们怎么办？杀人是要上电椅的！"我浑身哆嗦。我想抽烟。想抽烟。想抽烟。但我们的最后一包烟已经抽完了。"我很害怕，约翰尼。我们该怎么办呢？"

约翰尼一跃而起，攥住我的汗衫把我拖起来，摇晃着我说："镇静点，小马。别慌！"

我并没有意识到自己在叫喊，于是挣脱他的手。"好了好了，"我说，"我现在好了。"

约翰尼环顾四周，紧张地拍拍身上的口袋："咱们得离开这儿。逃到别的地方去，跑得远远的。警察马上就该来了。"我抖个不停，不全是因为冷。约翰尼尽管双手也在哆嗦，看上去却像达瑞一样沉着。"我们需要钱，可能还需要一把枪。还得想个计划。"

钱？枪？计划？我们上哪儿弄这些东西？

"找大力，"约翰尼斩钉截铁地说，"大力肯定有办法帮我们脱身。"

我如释重负。为什么我没想到呢？不过我比别人慢半拍也不是一天两天了。反正达拉斯·温斯顿什么事都能摆平。

"我们去哪儿能找到他？"

"他应该在巴克·梅里尔那里。他们今晚有派对，大力今天下午提到过。"

巴克·梅里尔是大力马术表演时的搭档。大力在斯莱许·杰的牧场当骑师的工作也是他给介绍的。他在那儿养了几匹夸特马[1]，平时就靠赛马赚钱，偶尔也贩点儿私酒。达瑞和苏打一向严厉禁止我靠近巴克·梅里尔的住所，我也从未试图挑战过他们的禁令。反正我也不喜欢巴克·梅里尔。他是个又高又瘦的牛仔，金色头发，大龅牙。或者说他以前是大龅牙，但后来因为打架，两颗门牙光荣"下岗"。他这人有点不着调。你能想象吗？他居然喜欢听汉克·威廉姆斯[2]的歌，这也太老土了。

我们敲了门，开门的是巴克。廉价的音乐声从他身后传来，此外还有酒杯的碰撞声，男人、女人高一声低一声的笑声，以及汉克·威廉姆斯的歌声。这喧闹就像砂纸一样摩擦着我的神经。巴克手里拿着一罐啤酒，上下打量了我们一番，问道："你们干什么？"

"大力！"约翰尼大声说，同时还斜着眼瞥了一下巴克身

1　夸特马：敏捷而善于短距离冲刺的矮壮小型马，被誉为四分之一英里（约合 402.34 米）比赛速度最快的马。

2　汉克·威廉姆斯（Hank Williams，1923—1953）：美国歌手。他创造了一种抑郁但又坚定的唱法。20 世纪 40 年代，他在美国乡村音乐界的地位无人能及。

后，"我们找大力！"

"他在忙。"巴克不悦地说。有人在他的客厅里大呼小叫，先是一声"啊——哈！"接着是"咦——哈！"那声音吵得我头皮发麻。

"告诉他，是小马和约翰尼找他。"我语气坚决地说。我了解巴克，要想让他乖乖听话，首先得在气势上压他一头。我估计大力就是用这个法子让巴克对他言听计从的，尽管巴克已经二十多了，而大力才十七岁。

"他会来的。"巴克瞪了我一眼，跟跄着走开了。他喝了不少，我不由得担心起来。万一大力也喝醉了，那就不好办了。

几分钟后，大力出现了。他只穿了条低腰的蓝色牛仔裤，光着膀子，手在胸毛间挠来挠去。不过意外的是，他看着还算清醒。可能还没来太久吧。

"说吧，你们两个小家伙找我干什么？"

约翰尼叙述事情的经过时，我在旁边端详着大力。我想知道这个像混混一样的家伙到底哪里吸引了樱桃·华伦斯那样的女孩子。一头黄毛，贼眉鼠眼，大力无论怎样都算不上帅哥。然而他冷峻的面容流露出一股慑人的英气，透着骄傲、叛逆和对这个世界的轻蔑。他永远不会爱上樱桃·华伦斯。除非发生奇迹，否则大力不会爱上任何人。自我保护的本能使他变得心如铁石，很难分一点点情感给别人。

听约翰尼说完，他的眼睛连眨都没眨一下，只是在约翰尼描述自己如何捅了那个少爷党一刀时，咧嘴笑着对约翰尼说了句"好样的"。约翰尼最后说："我们觉得，除了你，没人能帮我们脱身。很抱歉打断你玩儿了。"

"说什么呢，小子，"他不屑地往后瞥了一眼，"我刚才在卧室。"他突然盯着我，"天哪，小马，你的耳朵可真够红的。"

我想起在巴克的派对上，卧室里通常会发生什么。大力肯定猜到了我的心思，遂笑着对我说："不是你想的那样，我在睡觉，或者说想睡觉。可你们也看见这里有多吵了，汉克·威廉姆斯……"他翻了个白眼，在汉克·威廉姆斯后面又加了一串形容词，"没办法，我也不过是想找个地方歇歇。我和蒂姆·谢泼德干了一架，伤到肋骨了。"他可怜兮兮地揉着肋部，"这老家伙的拳头可真硬。不过他也没占多大便宜，我估计他起码得当一个星期的独眼龙。"他看了看我们，叹了口气说，"好吧，你们等我一下，我看看有什么办法。"随后他又仔细看了我一眼，"小马，你衣服湿了？"

"是……是。"我冷得牙齿直打架，结结巴巴地说。

"我的妈呀！"他推开纱门把我拉进去，并示意约翰尼跟着，"不用等警察来抓，你可能就先得肺炎死掉了。"

他几乎是拖着把我塞进了一间空卧室的，边走还边数落我。"把你身上的汗衫脱掉，"他丢给我一条毛巾说，"先擦干，在这儿等我。约翰尼起码还穿了外套，谁像你这样三更半夜穿着汗衫到处瞎跑，更何况还是湿的。你啥时候能学会用脑子啊？"他的口气像极了达瑞，我忍不住瞪了他一眼。他没注意，转身出去了，剩下我和约翰尼坐在床上。

约翰尼仰躺在床上："要是有支烟抽就好了。"

我擦干上身，只穿着牛仔裤坐在床沿，两条腿冻得直哆嗦。

一分钟后大力回来了。他小心翼翼地关上门。"给，"他递给我们一把枪和一沓钞票，"枪已经上膛了。老天，约翰尼，别拿那玩意儿对着我。这是五十块钱。今天从梅里尔这里只能搞到这么多了，他上次比赛输了不少。"

你肯定以为大力会在比赛中替巴克动点手脚，毕竟他是骑师嘛，可事实并非如此。上次提议他这么干的人被他打掉了三颗牙齿。真的。大力从来都是光明正大地比赛，凭真本事去赢。赛马可能是唯一一件能让大力认真对待的事情了。

"小马，达瑞和苏打知道这件事吗？"

我摇摇头。

大力叹了口气："乖乖，千万别让我去告诉达瑞，我可不想挨打。"

"那就别告诉他。"我说。我不想让苏打操心，最好让他知道我没事。但达瑞嘛，就算他急得一夜白头我也无所谓。我头昏脑涨，完全没意识到这么想有多任性和卑鄙。但我知道不能让大力去告诉他，那样太没义气。要是达瑞知道是大力出钱出枪帮我们跑路的，非揍死他不可。

"给。"大力递给我一件大得离谱的衬衣，"这是巴克的，虽然不合身，但起码是干的。"随后他把他那件破旧的带羊毛里子的棕色皮夹克也给了我，"你们要去的地方比较冷，带毯子又太麻烦，就这样先凑合着吧。"

我扣上衬衣扣子，感觉像被装进了麻袋。

"你们搭三点十五去文德瑞克斯镇的火车。"大力吩咐说，"松鸦山的山顶上有座废弃的教堂，教堂后面有个压水井，所以不用担心没水喝。你们早上应该就能到，那时警方的通报估计还在路上，到那儿之后先买一个星期的食物，然后就老老实实躲着，别抛头露面。等风声一过我就去找你们。唉，我还以为只有在纽约那种地方才有机会卷进杀人案呢。"

听到"杀人"二字，约翰尼低哼一声，打了个冷战。

大力把我们送到门口，在我们出去前关掉了外面的门廊灯。"走吧！"他拨弄了一下约翰尼的头发，"保重，小子。"他轻声说。

"好，大力，谢谢了。"说完我们一头扎进了黑夜。

我们蜷缩在铁路旁边的草丛里，听着汽笛声越来越响，越来越近。火车缓缓减速，最后嘎吱一声停住。"走。"约翰尼低声说。我们以最快的速度爬上一节开着门的货车厢，紧紧贴在车厢壁上，大气不敢出。铁路工人在外面走来走去，其中一个还把脑袋探进车厢看了看。我们吓得一动也不敢动，不过幸好他没看见我们。接着，车厢一阵摇晃，火车又开动了。

"下一站就是文德瑞克斯镇。"约翰尼说，他小心翼翼地放下枪，不解地直摇头，"我想不明白他给我这把枪干什么，我不可能拿它杀人啊。"

直到这一刻我才真正意识到我们的处境。约翰尼杀了人。老实巴交，说话细声细气，走路甚至连蚂蚁都不舍得踩死的小约翰尼，竟然杀了一个人。如今我们背负命案，畏罪潜逃，警方在追捕我们，我们身上带着一把上了膛的手枪，而我只后悔没有问大力要一包烟……

我伸了个懒腰，枕着约翰尼的腿躺下。我缩着身体，心里感激大力的这件夹克。虽然大得离谱，可它很暖和。现在就算是火车的轰隆声也阻挡不住我的睡意了。就这样，裹在一个混混的衣服里，手边还放着一把枪，我睡着了。

和约翰尼跳下火车跑进一片草地时，我甚至还没有完全清醒。直到被清凉的露水一激，我才意识到刚刚干了什么。肯定是约翰尼叫醒我并让我跳车的，可我不记得了。我们躺在茂密又潮湿的草丛里喘着粗气。天快亮了，东方已经露出鱼肚白。初现的晨光在山丘顶上洒下金黄，天上的云朵透着红晕，草地鹨[1]已经开始鸣唱。我想，这便是乡下了吧。我美梦成真，置身乡间了。

"真要命，小马。"约翰尼揉着他的腿说，"你把我的腿压麻了，我站都站不起来。刚才差点就下不来火车。"

"真对不起，你怎么不叫醒我呀？"

"没关系，不到万不得已我不想叫醒你。"

"现在我们怎么找松鸦山呢？"我问约翰尼。我依然昏昏沉沉，困得要死，恨不得就躺在这黎明的露水中睡上一大觉。

"去问问人吧。报纸上应该还没登咱们的事，假装成一个

1　草地鹨：此处特指北美草地鹨，一种小型鸣禽，体长约 15 厘米，体形纤细，喙细长。性机警，稍有动静便飞到树上。

乡下小子随便转转。"

"可我看上去也不像个乡下小子啊。"我说。我突然想到我的大背头，还有无精打采的走路姿势。我看着约翰尼，他也不像乡下小子。我觉得他还是像条饱受欺凌的流浪狗。但我第一次以陌生人的眼光看他，发现他看起来还挺凶悍的，可能是因为他穿着黑 T 恤和一身蓝色牛仔服，也可能是因为他的头发又长又油腻。看着他在耳后打卷儿的头发我才意识到，我们都需要理发了，而且也都需要一身像样的衣服。我低头看看自己褪色的牛仔裤、肥大的衬衣和大力的破旧夹克。别人恐怕一眼就能看出我们是两个小混混。

"我也没办法啊，"约翰尼揉搓着双腿说，"你沿着这条路往前看看，遇到人就问问松鸦山怎么走，"腿部的疼痛让他嘴角发抖，"然后再回来。我说你能不能把头发梳梳，另外，走路能不能别像个小流氓似的？"

哦，原来约翰尼也注意到了。我从后兜里掏出一把梳子，精心梳了一番头发。"现在看着可以了吧，约翰尼？"

他把我上下打量一番："你知不知道你和苏打长得可真像，不管是头发还是别的，除了你的眼睛是绿色的。"

"才不是绿的呢，是灰色。"我脖子一梗说，殊不知我脸都红了，"至于和苏打有多少相似，我看咱俩差不多。"我站起身，"他很帅。"

"喊，"约翰尼咧嘴一笑说，"你也很帅啊。"

我没再说什么，爬过铁丝围栏。约翰尼还在身后笑，我不在乎，沿着红色的泥土小路只管向前走，但愿在遇到人之前我的脸色能恢复正常。我一边打着哈欠一边想，达瑞和苏打现在在干什么呢？苏打总算能一个人霸占一张床了。达瑞肯定很后悔打了我，等他知道我和约翰尼摊上命案时，一定会担心害怕。我甚至开始想象苏打听说这件事时的表情。真希望此刻我在家里，我心不在焉地想着。希望我在家，躺在床上。也许我的确在床上，眼前这一切不过是场梦。

我和大力在"好事成双"汽车影院邂逅了两个美女，那才是昨天晚上的事呢。老天，我的头好晕。事情来得也太快、太突然了。我估计天底下没有比卷入杀人案更麻烦的事了。我和约翰尼的下半辈子说不定都要过这种东躲西藏的日子了。这个世界上除了大力，谁也不会知道我们的下落，而他也绝对会守口如瓶，因为一旦警察知道是他帮助我们逃跑，还给了我们一把枪，他会再次被抓进去的。如果约翰尼被抓，说不定会上电椅；如果我被抓，则可能被送进少年感化院。我听科利·谢泼德说过那里面的情况。说实在的，我可没兴趣。所以我们要做好隐姓埋名一辈子且除了大力谁都不见的准备。我可能再也见不到达瑞和苏打了，还有两毛五和史蒂夫。我身在乡下，但我知道我不会如想象中那样喜欢这里。有些事，比身为油头更叫人难受。

我看见一位皮肤黝黑的农夫开着拖拉机从路那边过来。我冲他挥挥手，他把车停住。

"麻烦问一下，松鸦山怎么走？"我礼貌地问。

他指了指路的远方："沿这条路，最后到的那座大山就是了。徒步吗？"

"是的，先生。"我努力做出不好意思的样子，"我们在玩儿打仗，我得到山里的总部去报告。"

我撒谎的本事有时候连我自己都吓一跳。苏打说读书越多的人就越会撒谎，可两毛五又怎么解释呢？他的谎话张口就来，而他从来没看过一本书。

"男孩子就是男孩子。"农夫笑着说。我忽然觉得他的声音挺像汉克·威廉姆斯的。他继续走他的路，我也回去找约翰尼。

我们一直走到教堂。常言道，望山跑死马，果然不假。这条路看起来挺近，可走起来远不是那么回事。而且路越走越陡。我昏昏沉沉的，像喝多了一样 —— 太困的缘故 —— 两条腿好似灌了铅。我估计约翰尼比我还要困，因为他在火车上一直没敢合眼，怕我们坐过了地方。所以我们走了大概四十五分钟才来到这里。我们从后窗爬进去。教堂不大，荒凉破败，布满蜘蛛网，像极了电影里那些闹鬼的地方。我一进来就感觉头皮发麻。

我以前常去教堂，即便在爸妈出事之后也一直都去。后来有个星期天，我叫苏打和约翰尼陪我一起去，苏打说史蒂夫不去他也不去，两毛五说他可能会去。大力宿醉未醒，达瑞要上班，于是我和约翰尼先去了。我们到了教堂，坐在最后排的位置，没办法，谁让我们穿得寒碜呢。好在大家并不介意，这也是我和约翰尼喜欢去教堂的原因之一。但是那天后来……怎么说呢，苏打连坐着看完一部电影都坚持不住，更别提布道了。进去没一会儿，他和史蒂夫还有两毛五就开始互丢纸团胡闹起来。终于，史蒂夫不小心碰掉了一本《圣歌集》，"砰"的一声，教堂里所有的人都扭头看着我们。我和约翰尼窘得差点趴到座椅下面，而两毛五还冲大伙儿挥了挥手。

从那以后，我就再没去过教堂。

但这座教堂给我一种毛骨悚然的感觉。怎么形容呢？就是觉得不祥。我一屁股坐在地板上，颠得五脏六腑都在颤抖，心想以后再也不能这么坐了。地板是石头铺的，坚硬无比。约翰尼四仰八叉地躺在我旁边，头枕着双臂。我想和他说几句，可还没张口，人就睡着了。不过约翰尼也没注意，因为他马上也睡着了。

第五章

傍晚时分我才醒来。一开始我还有些恍惚，分不清自己在哪儿。你应该知道，人在一个陌生的地方醒来通常会有这种迷离感，只有当记忆如潮水般涌现时，你才能真正回到现实中。我不愿意马上清醒过来，欺骗自己说昨天夜里的一切都是一场梦，我正躺在家里的床上呢。现在天已大亮，达瑞和苏打都已经起床。达瑞正在做早餐，马上他和苏打就会跑过来按住我，不停地胳肢我，直到我笑得快要断气。吃过饭，我和苏打负责刷碗，完事后就到外面踢足球。我、约翰尼和两毛五会拉着达瑞加入我们这一队。因为我和约翰尼个头都小，而达瑞在所有人中球踢得最好。这就像最平常的周末上午。

躺在冰冷的石地板上，裹在大力的夹克里，聆听着外面风吹落叶的声音，我想象着那些美好的时光。

终于，我连自己也骗不下去了，只好硬撑着坐起来。在硬地板上睡觉硌得我浑身疼痛，可我从来没有睡得这么熟过。我还有点头晕，随即掀开盖在我身上的约翰尼的牛仔夹克——我都不知道他什么时候给我盖的——眨巴眨巴眼睛，挠挠头。除了林间的风，周围寂静无声。我突然反应过来，约翰尼呢？

"约翰尼？"我大声喊道。破旧的木教堂发出阵阵回响，翰尼……尼……我环顾四周，差点就慌了神，但这时我在落满灰尘的地板上看到一行歪七扭八的字：去买东西了，马上回来。落款是约翰尼。

我叹了口气，去压水井那儿找水喝。井里的水透心凉，带股怪味儿，但凑合着能喝。我洗了把脸让自己清醒起来，用约翰尼的衣服擦了擦，坐在后门台阶上休息。教堂所在的这座山，背面其实很陡，从后门往外走二十来步便是悬崖峭壁。这里视野极为开阔，一眼能望到好几英里外。我有种坐在世界之巅的感觉。

人在无事可做的时候，便会不由自主地想些东西。我能记起昨天夜里的每一件事，只是有种不真实的梦幻感。我和约翰尼在皮科特街和萨顿街的交叉口与大力碰头的事难道真的发生在昨天吗？为什么感觉却像很久以前？也许真是这样。也许约翰尼已经走了一个星期了，而我一直在睡觉；也许他已经被条子抓住，只是他誓死不说我的下落，所以正等着坐电椅；也许大力出了车祸或者因为别的什么事死了，从此再也没人知道我的去处，我将在这里孤独终老，死后化作一堆白骨。

我的想象力有点脱缰了。回过神，我发现我把自己吓得瑟瑟发抖，还出了一身冷汗。我头晕目眩，不得不闭上眼睛仰躺下去。何苦呢？渐渐地，我的心平静下来，身体也放松了些。一个人坐在这陌生的地方，我很害怕。我盼着约翰尼能带包烟回来。

这时，我听到脚踩枯叶的窸窣声，那声音朝着教堂后院而来。我闪身躲进门内。随后，我听到有人吹口哨，那声音悠长低沉，达到顶峰时戛然而止。我太熟悉这个口哨声了。我们和蒂姆帮的人都拿它当暗号，意思就是"谁在那儿？"我小心翼翼地回应了一声，迅速跳出门去，但由于落脚不稳，从台阶上摔了下来，正好趴在约翰尼眼皮底下。

我用胳膊肘支住身体，抬头朝约翰尼咧嘴笑："嘿，约翰尼，没想到能在这儿见到你。"

他拎着一个大袋子，低头看着我说："小马，我觉得你学两毛五学得越来越像了。"

我扬了扬眉毛——虽然没扬起来。"谁学他了？"我翻身爬起，幸亏这里没别人，"你都买什么了？"

"进去吧，大力不让咱们在外面。"

我们回到教堂里面。约翰尼用他的衣服扫去一张桌子上的尘土，开始把袋子里的东西一样一样掏出来，整整齐齐地摆在我眼前。"够吃一个星期的香肠，两大根面包，一盒火柴……"约翰尼继续往外拿着。

我等得不耐烦，干脆自己动手去掏袋子。"嘿嘿！"我在满是尘土的椅子上坐下，两眼放光，"《飘》[1]？你怎么知道我一直想看这本书？"

约翰尼脸一红："我记得你说过一次。还有，咱们一起去看过那部电影。我是想让你读一读，我顺便也听听，可以打发点时间。"

"哇，谢谢你啦。"我真想立刻就开始读，但最终还是不舍地放下书，"染发剂？扑克牌……"我忽然反应过来，"约翰尼，你不会是想……"

约翰尼坐下来，掏出他的刀。"我们得把头发剪了，你还要染一下。"他谨慎地盯着地面，"他们会在报纸上描述咱们的

---

1 《飘》（*Gone with the Wind*），美国作家玛格丽特·米切尔创作的长篇小说，小说以亚特兰大的一个种植园为故事场景，生动地描绘了美国南北战争前后南方人的生活。

容貌特征，我们不能等着被人发现啊。"

"嘿，别！"他的手伸向我的头发，"别，约翰尼，别碰我的头发！"

头发是我的骄傲。我的头发和苏打的一样，也很长，而且丝滑柔顺，只不过颜色稍微红一点。我们的头发都很漂亮，不需要抹太多发油。头发是我们油头的特色，是商标。这是唯一能让我们感到自豪的东西。也许我们没有科威尔轿车，没有马德拉斯棉布衬衣，但我们有漂亮的头发。

"反正被抓到之后一样要剪。你应该知道吧，法官要求你做的第一件事就是剃头。"

"我看不出这和头发长短有什么关系，"我没好气地说，"大力就算把头发剃光，该干坏事还是会干坏事。"

"我也不知道啊，反正就是不想让我们好过呗。对科利和蒂姆那样的家伙，他们根本没法子，能用的手段他们早就用过了。他们又不能没收他们的东西，因为他们一无所有。所以他们唯一能干的就是剃掉他们的头发。"

我用近乎哀求的眼神看着约翰尼。他叹了口气："我的也要剪，还要洗掉头油，不过我不用染。我皮肤太黑，金色反而不自然。来吧，小马，"他劝我说，"头发剪了还会长回来的。"

"好，"我瞪大眼睛说，"那就来吧。"

约翰尼弹出刀锋，一只手抓住我的头发，像割麦子一样割了起来。我心疼得直哆嗦。"别剪太短。"我恳求说，"求你了，约翰尼……"

一通操作结束，脚下落满一撮一撮的头发，看起来怪怪的。"比我想象中的颜色要浅些，"我打量着地上的落发说，"我能看看我现在是什么样子吗？"

"别急，"约翰尼盯着我，不紧不慢地说，"等染好再说。"

涂了染发剂，我坐在太阳底下晒了足足十五分钟。然后，约翰尼让我用那面我们在橱柜里发现的遍布裂纹的破镜子照照自己。镜子里的我露出不敢置信的表情，现在我头发的颜色比苏打的还要浅呢。而且约翰尼给我梳了个偏分，我可从没这么梳过。这看起来一点都不像我。让我显得年纪更小了，还很懦弱。我的个乖乖，这下可好，约翰尼把我变成一个娘娘腔啦。我真要伤心死了。

约翰尼把刀递给我，他也一样舍不得自己的头发。"把前面的刘海去掉，其他地方剪短一点。洗了之后我会往后梳。"

"约翰尼，"我有气无力地说，"这种天气你可不能用凉水洗头，会感冒的。"

他只是耸耸肩："没关系，开始吧。"

我尽力劝阻了，可他还是拿着新买的香皂去洗了头。唯一值得庆幸的是，和我一起逃亡的是约翰尼，而不是两毛五、史蒂夫或者大力。他们那几个家伙是打死都不会想到买香皂的。我暂时让他穿上大力的夹克，他坐在后门台阶的阳光下，背靠着门，一边把头发往后梳，一边瑟瑟发抖。我头一回看见他的眉毛，感觉都不像约翰尼了。原先被刘海遮着的额头，肤色格外白些。如果不是因为担惊受怕，眼前这场景倒十分有趣。他依然冷得直哆嗦。"我估计，"他虚弱地说，"这下应该没人能认出咱们了。"

　　我愤愤地在他身旁坐下："我估计也是。"

　　"嘿，得了，"约翰尼强颜欢笑说，"不就是头发嘛。"

　　"你说得轻巧，"我气冲冲地说，"我用了好长时间才留了这么一个让我满意的发型。况且我们现在都不像自己了，感觉就像参加万圣节的化装派对，而且这派对没有结束的时候。"

　　"那我们只能慢慢习惯，"约翰尼斩钉截铁地说，"我们现在是什么处境？要样子还是要命总得选一个。"

　　我剥开一颗糖果吃起来。"我还是很累。"我说。令人吃惊的是，地面忽然模糊起来，我实实在在地感觉到泪水淌过脸颊。我急忙擦掉。转眼看约翰尼，他和我一样垂头丧气。

"对不起，小马，我剪了你的头发。"

"不是因为这个。"我嚼着巧克力说，"我是说不全是。我也不知道怎么回事，反正有点儿蒙。"

"我知道。"我们起身返回屋里，约翰尼克制着打架的牙齿说，"事情发生得太突然……"我抬手搂住他的肩膀，也许这能让他暖和一点。

"那家小商店真该让两毛五去逛逛。唉，这鸟不拉屎的鬼地方实在太偏僻了，最近的人家离这儿也有两英里。那店里边的东西全都摆在外面，就等着两毛五那样的家伙过去拿呢。他要是去逛一趟，半个店就没了。"他在我旁边向后靠去，我能感觉到他仍在哆嗦，"两毛五这个家伙……"他用发颤的声音说。看得出来，他和我一样想家。

"还记得他昨天晚上说的俏皮话吗？"我说，"昨天晚上……就昨天晚上，咱们带着樱桃和玛西亚去两毛五家开车。就昨天晚上，我们躺在空地上看星星，聊梦想……"

"别说了！"约翰尼咬牙说道，"别再提昨天晚上了！昨天晚上我杀了个人！那小子也就十七八岁，我把他捅死了。如果是你杀的人，你会是什么心情？"他哭了。我抱住他，就像我们在空地上找到他那天苏打抱住他一样。

"我不是故意的，"他终于脱口而出，"可他们把你按在水里，我害怕极了……"沉默片刻后，他接着说，"人身体里的血可真多。"

他猛地站起身，来回踱起了步，手还不停地拍打着口袋。

"我们该怎么办？"我也忍不住哭起来。天色越来越暗，寒冷和孤独折磨着我。我闭上眼睛，仰起头，可泪水还是滚滚而下。

"都怪我！"约翰尼痛苦地说，我开始哭的时候他便止住了哭泣，"我不该把你这个才十三岁的小毛孩儿带出来。你应该回去。警察不会找你麻烦的，人又不是你杀的。"

"不！"我嚷道，"我十四了！十四零一个月！这件事我和你一样脱不了干系。我不哭了……我只是没忍住而已。"

他一屁股坐在我旁边："我不是那个意思，小马。别哭，咱们不会有事的。别哭……"我靠在他身上放声大哭，直到累得睡过去。

半夜醒来，约翰尼靠着墙，我靠着他的肩膀。"约翰尼？"我打着哈欠叫他，"你醒了没？"这会儿我身上暖融融的，只是困意未消。

"醒了。"他低声回答。

"我们不会再哭了吧？"

"不哭了，已经哭够了。我们慢慢就习惯了，没事的。"

"我也这么想。"我昏昏欲睡地说。这一刻，是从我和大力坐在那两个女孩子后面以来第一次感到放松。以后不管再遇到什么，我们都能坦然面对了。

接下来的四五天，是我这辈子经历过的最漫长、最难熬的日子。我们读小说、玩扑克。约翰尼也喜欢上了《飘》，尽管他对南北战争和奴隶种植园一无所知，读的时候我要向他解释许多东西。令人惊讶的是，约翰尼对小说中某些情节的领会竟然比我还深刻，这本该是属于我的殊荣。约翰尼留过级，成绩也一向不怎么样。他脑子反应比较迟钝，对于新知识的接受速度相对慢些。我估计他的老师们都以为他很笨。可他并不笨，他只是有点慢热，而且一旦进入状态，他便开始深入挖掘。在这本小说里，他就特别欣赏作者对南方绅士的描述，对他们的行为举止和个人魅力大为着迷。

"我敢打赌，他们都是些很酷的家伙。"当我读到视死如归的南方青年奔赴战场时，他两眼放光地对我说，"他们让我想起了大力。"

"大力？"我很惊讶，"天哪，大力哪儿像个绅士了？他和咱们一样嘛。你也看见那天晚上他在两个女孩儿面前的表现了。说苏打像这些南方青年还差不多。"

"嗯，要论举止风度，苏打当之无愧。"约翰尼缓缓说道，"不过，有天晚上我看见条子找大力的麻烦，但他自始至终都表现得很酷、很镇定。他们说大力砸了学校的玻璃，可实际上是两毛五干的，大力也知道，但他面对条子连眼睛都不眨一下，不辩解，也不否认。我觉得这很了不起。"

这是我第一次认识到约翰尼对达拉斯·温斯顿的崇拜程度有多深。在所有伙伴当中，我对大力最没好感。他既不像苏打那样善解人意、魅力四射，也不像两毛五一样幽默诙谐，更没有达瑞的超人特质。但我发现这三个人之所以吸引我，是因为他们更像我在小说里读到的英雄，而大力是真实的。我喜欢书，喜欢云和落日。但大力的真实令我生畏。

我和约翰尼始终没到教堂前面去过，因为从大路上能看见。有时候，农场里的小孩儿去买东西时也会骑着马从教堂前经过，所以我们一直待在教堂后边，通常都是坐在后门的台阶上眺望山谷。那里的视野可达数英里之遥，看得见像丝带一样的高速公路，像蚂蚁一样小的房舍与汽车。可惜我们无法欣赏日落，因为教堂后院朝东，但我喜欢看田野里斑斓的色彩和地平线上柔和的阴影。

一天早上，我比平时醒得早些。为了取暖，我和约翰尼都是挤在一起睡的——大力说得没错，这里果然很冷。我小心翼翼的，尽量不弄醒约翰尼，然后蹑手蹑脚地来到后门台阶，坐下来抽了支烟。天刚蒙蒙亮，山谷低处雾气缭绕。有时候雾气会在某个地方突然消融，化作一团团云朵随风飘散。东方的天空更亮一些，地平线犹如一道细细的金丝。云彩从灰色变成粉色，连雾气都像被蒙了一层金沙。这一刻万籁俱寂，好像所有的东西都屏住了呼吸。接着，太阳升起来了。很美。

"乖乖，"约翰尼突然发出的声音吓了我一跳，"真漂亮。"

"是啊。"我不无遗憾地赞同道，因为这会儿我特别希望手上有一支画笔和一堆颜料，好趁这印象在心里依然鲜明的时候把它画下来。

"那片浓雾真漂亮，"约翰尼说，"金色和银色都有。"

"嗯。"我一边回应，一边试着吐出一个烟圈。

"可惜不能一直保持这个样子。"

"韶华易逝，金色最难保持。"我忽然想起读过的一首诗。

"什么？"

"自然新绿是金，

灿灿金色难存；

初绽嫩叶若娇花，

绽谢犹在刹那。

嫩叶遂成陨箨，

乐园顿起悲歌，

清晨转瞬变白昼，

寸金光阴难留。"[1]

约翰尼睁大眼睛盯着我："你从哪儿学的呀？它把我心里想的全都说出来了。"

"罗伯特·弗罗斯特写的。不过这首诗的内涵我理解得还不够深。"我努力领会诗人写诗时的心境，却始终揣摩不透，"我一直记得，就是因为我到现在还没有找到和作者的共鸣。"

"其实，"约翰尼慢吞吞地说，"我以前从没留意过天空的颜色啊，天上的云啊之类的东西，直到你经常在我耳边提到它们。在这以前它们好像不存在。"他沉思片刻，忽然接着说道，"你们一家很有意思。"

"有什么意思？"我生硬地问道。

约翰尼飞快地看了我一眼："我没别的意思。我是说，苏打长得像你妈妈，但性子像你爸爸。达瑞和你爸爸简直是一个

---

1 原诗为美国诗人罗伯特·弗罗斯特的代表作之一 *Nothing Gold Can Stay*。翻译版本较多，这里选取了曹明伦先生的版本，《寸金光阴难留》。

模子刻出来的，但他没有你爸爸那么热情、爱笑，性格更像你妈妈。而你，你和他们都不像。"

"这我知道。"我说，想了想，接着又说，"在咱们这一帮人里，你和其他人也不一样。我跟两毛五、史蒂夫，甚至达瑞是不会聊日出、云朵之类的，在他们身边我根本就不会想起这首诗，因为气场不匹配。但你和苏打除外，可能还有樱桃·华伦斯。"

约翰尼耸耸肩。"嗯，"他像叹气一样回答，"可能我们就是不一样吧。"

"是啊，"我说，随即吐出一个漂亮至极的烟圈，"不过也可能是他们不一样。"

到第五天时，我已经受够了香肠的味道，每次一看到它我就想吐。头两天我们就吃完了所有的糖果。这会儿我真想喝一杯可乐。也许我有可乐瘾吧，每次喝可乐都像牛喝水一样，连续五天不沾可乐是要出人命的。约翰尼答应说等下次去买东西的时候给我带一些，可远水解不了近渴啊。最近我抽烟比平时厉害多了，可能因为实在无聊吧，虽然约翰尼一再提醒我抽烟多了对身体不好。我们抽烟十分小心，这破教堂万一着了火，我们可是一点法子都没有。

第五天，《飘》这本小说我已经读到了亚特兰大失守那里；玩扑克我已经输给约翰尼一百五十块；我抽了两包骆驼牌香烟，正如约翰尼所说，我开始感到恶心了。这一天我什么都没吃，饿着肚子抽烟的滋味儿可不好受。我蜷缩在角落，想用睡觉的方式来控制可怕的吸烟量。可就在我刚要睡着时，突然听到一声悠长低沉的口哨，好像从很远的地方传来，声音在达到顶峰时戛然而止。我困得要命，没心思理会，尽管我知道那不可能是约翰尼。他正坐在后门台阶上试着读《飘》呢。我一度以为外面的世界不过是我的梦境，除了香肠三明治、南北战争、破旧的教堂和浓雾缭绕的山谷，没有什么是真的。恍惚间，我觉得自己一直都生活在这座教堂里，甚至还穿越回了南北战争时期。可见我的想象力是多么丰富。

有人用脚尖顶了顶我的肋部。"乖乖！"这人的声音很粗，也很熟悉，"头发一剪整个人都不一样了。"

我翻身坐起，揉了揉惺忪睡眼，打个哈欠，随后突然眨眨眼睛。

"嘿，大力？"

"嗨，小马！"他低着头，咧嘴冲我笑，"或许我该叫你……睡美人？"

从没想到会有一天见到大力也能这么开心。但此时此刻他的到来意味着一件事：与外面的联系恢复了。世界顿时变得真实生动起来。

"苏打怎么样？条子在找我们吗？达瑞还好吗？他们知不知道我们在哪儿？什么……"

"别急，小子，"大力打断我，"我一下子也回答不了你所有的问题啊。你们两个要不要先跟我去吃点东西？我早上没吃饭，现在都快饿死了。"

"你快饿死了？"约翰尼愤愤不平，声音都变细了。我想起了令人作呕的香肠。

"现在出去安全吗？"我急切地问。

"安全。"大力在衬衣口袋里摸索香烟，结果一无所获，然后问道，"尼仔，有烟吗？"

约翰尼把一整包都丢给了他。

"条子是不会来这儿找你们的。"大力点着烟，"他们以为你们跑到得克萨斯去了。我把巴克的雷鸟[1]开过来啦，就停在离这儿不远的路上。我的天哪，你们一直饿着肚子吗？"

约翰尼一脸惊讶："你从哪儿看出来我们一直饿肚子了？"

大力摇摇头："你看你们两个，脸上没点血色，人又瘦成

---

1 雷鸟是福特品牌 20 世纪 50 年代推出的一款跑车，造型经典复古，是福特最著名的车型之一。

这样。等这事过去，多晒晒太阳。你们简直像刚从面粉厂里出来的。"

我本想说"你也不瞧瞧你自己"，可转念一想还是算了。大力胡子拉碴的，胡须颜色发浅，他看着像一个星期没换过衣服，样子比我们还要颓废。我知道他已经好几个月没剪过头发了，可调侃他对自己没好处。

"嘿，小马，"他从后兜里掏出一张纸，"我给你带了一封信呢。"

"信？谁写的？"

"总统写的，你信吗？笨蛋。当然是苏打啰。"

"苏打？"我不解地问，"可他怎么知道……"

"几天前他去巴克家时发现了你换下的那件汗衫。我说我不知道你在哪儿，可他不信。所以他写了这封信，还把自己的一半工资交给我，托我转交给你。小子，你真该看看达瑞的样子，这件事对他打击可不小……"

我已经没在听他说话了。我往教堂的墙上一靠，迫不及待地看起了信。

亲爱的小马：

我猜你是惹上麻烦了，对吧？你那样子跑出去，我和达瑞

都快急疯了。达瑞特别后悔打了你。你知道他不是有心的。后来你和约翰尼双双失踪，公园里出了命案，大力被抓进警察局，这一系列事情连起来，把我们吓得不轻。警察过来问过我们，我们也只好照实说，反正我们也不知道。真不敢相信约翰尼那小子居然敢杀人。我知道大力知道你们在哪儿，不过你们也知道他的为人。他嘴巴闭得牢牢的，一个字都不告诉我们。不过达瑞什么都不知道，只能干着急。我倒是希望你回来自首，但我估计你应该不会，因为那样约翰尼就要吃苦头了。你们两个现在是名人了，报纸上登了一大段呢。多保重，老弟，代我向约翰尼问好。

你二哥，苏打·柯蒂斯

　　他真该好好练练字，有的地方我得来回读三四遍才能理顺他的意思。

　　"警察抓你干什么？"我问大力。

　　"嘻，这个嘛，"他狡诈地笑笑，"警察局那帮老小子现在都认识我了。我被抓进去是因为跑马场的事。不过我在局子里故意透了点口风，让他们误以为你们跑到得克萨斯去了，所以现在他们去那儿找你们了。"

　　他猛吸了一口烟，发觉不是他喜欢的酷儿凉烟，一时口吐芬芳骂了一连串。约翰尼听了一脸钦佩："大力，你可真会骂。"

"那是。"大力对自己的词汇量深以为豪，"不过你们两个臭小子可不要学我。"他在我头上使劲揉了下，"小子，你头发一剪就像变了个人。以前你可是很帅的，你和苏打的头发在镇上是出了名的漂亮。"

"我知道，"我没好气地说，"我现在的样子恶心透了。但我求你别哪壶不开提哪壶，好吧？"

"你们到底还想不想吃东西了？"

我和约翰尼一跃而起："这还用问？"

"天哪，"约翰尼望眼欲穿，"总算能坐车了。"

"好咧，"大力拉着长腔说道，"那我就行行好，带你们去兜兜风吧。"

大力开车一向很猛，像不要命似的。我们以每小时八十五千米的速度沿着那条红色的土路从松鸦山上狂奔而下。我也喜欢快车，约翰尼更是个赛车迷，可当大力在山谷中两轮离地急速过弯，刹车片嘎嘎直响的时候，我们俩还是吓得脸都绿了。可能是我们太久不坐车的缘故吧。

我们在一家 DQ 冰激凌店停了下来。我下车第一件事就是先来杯百事可乐。然后我和约翰尼又抱着一份烤肉三明治和香蕉圣代狼吞虎咽。

"老天爷，"大力被我们的吃相惊得目瞪口呆，"别吃得跟最后一顿似的。我这儿钱多着呢。慢慢吃，我可不想你们一会儿吐车上。我还以为我已经够饿了呢。"

约翰尼听了反倒吃得更快，我也不慢，直到圣代冰得我脑仁儿疼。

"还有件事我没告诉你们，"大力吃完第三个汉堡包之后才说，"我们和少爷党已经全面开战了。被你们捅死的那个家伙有不少朋友，现在全镇的少爷党都在找咱们油头的麻烦。我们谁都不敢单独出门，我出去都随身带着枪……"

"大力！"我恐惧地叫道，"带枪可是会出人命的呀！"

"小子，弹簧刀不也一样会出人命？"大力正色说道。约翰尼顿时哽住。"别担心，"大力继续说，"没装子弹。我可不想杀人犯案，不过带着能壮胆，也能吓唬人。蒂姆帮和咱们的兄弟明天晚上要和少爷党在空地上决斗。我们找了他们一个俱乐部的头头儿，说好了决斗条件。哼……"大力随之叹了口气，我知道他想起了从前在纽约的日子，"和过去一样。如果他们赢了，一切照旧；如果咱们赢了，从此之后他们就再也不能踏足咱们的地盘。两毛五几天前被他们偷袭，幸亏我和达瑞及时赶到。不过他也没吃亏，两毛五很能打的。嘿，我是不是还没告诉你们，咱们在他们那边有个间谍？"

"间谍？"约翰尼的眼睛从圣代上抬起来，"谁呀？"

"就是你捅人那晚我想泡的那个妞儿啊，红头发那个，叫樱桃还是什么的。"

第六章

约翰尼张口结舌，我手里的热巧克力圣代也差点掉下去。"樱桃？"我们俩异口同声地叫道，"樱桃·华伦斯？"

"对！"大力说，"两毛五遇袭那天晚上她也去了空地，她开着一辆小巧的科尔维特，当时我们和蒂姆帮的人都在。她可真有胆。我们想当场修理她，因为她是那个被你们弄死的少爷党的马子，不过两毛五把我们拦住了。乖乖，下次泡妞我得泡个跟我是同类的。"

"没错。"约翰尼缓缓说道，不知道他是不是也像我一样，故意压着嗓子，好让自己的声音更男人一些，"下次泡妞，找个和你是同类的。"我鸡皮疙瘩都起来了。

大力继续说了下去："她说这一切都是因她而起，我觉得也是。她说她会密切注意少爷党们的动向，还说她愿意做证，证明是那些少爷党喝了酒挑事，你们只是自卫。"他冷笑一声，"那小妞儿显然不待见我。我想请她去'野狗'影院喝个可乐什么的，结果她说'谢谢，不用了'，然后还非常客气地让我自己找地儿凉快去。"

她那是怕自己爱上你，我心里说。这么说，樱桃·华伦斯 ——那个有钱人家的小姐，鲍勃的女朋友，漂亮的啦啦队队员 ——打算帮我们？不，想帮我们的不是那个富家千金樱桃·华伦斯，而是那个喜欢看夕阳、讨厌打架斗殴、怀揣梦想的樱桃·华伦斯。真不敢相信，有钱人竟然愿意帮我们，哪怕是个爱看落日的有钱人。大力没注意到这些，他早忘得一干二净了。

"好家伙，这叫什么鬼地方啊。这儿的人平时都玩什么，下象棋吗？"大力一脸嫌弃地眺望着周围的景色，"我以前从没来过乡下，你们两个呢？"

约翰尼摇了摇头，但我说："我爸爸以前会带我们外出打猎，所以我来过乡下。你怎么知道这儿有个教堂呢？"

"我有个老表家在这一带，他说遇到什么事可以来这儿躲躲。嘿，小马，听说你们兄弟三个数你枪法最好呢。"

"是啊，"我说，"不过达瑞每回打到的鸭子都是最多的，他和爸爸都很厉害。我和苏打太爱玩，经常把猎物吓跑。"我不想告诉大力我讨厌猎杀动物，他会觉得我太软弱。

"这主意真不错，我是说剪头发和染头发。他们在报纸上登了你们的样貌特征，不过现在没人能认出来了。"

约翰尼安安静静地吃完了他的第五个烤肉三明治，而后突然宣布说："我们打算回去自首。"

现在轮到大力张口结舌了。他指天指地地骂了一阵，然后转身面对约翰尼，问道："你小子说什么？"

"我说我们要回去自首。"约翰尼不动声色地回答。我很惊讶，但又并不觉得意外。我想过很多次回去自首，但大力显然极为震惊。

"我很有可能会被从轻处置，"约翰尼急忙解释，我看不出他是想说服大力还是想说服他自己，"我在警察局没案底，而且我又是自卫，小马和樱桃都可以做证。反正我不想一辈子藏在这个破教堂里。"

约翰尼难得如此慷慨激昂。想到去警察局，他乌溜溜的大眼睛比平时睁得更大了。因为约翰尼怕警察怕得要死，可他还是继续说了下去："我们不会说是你帮我们逃出来的，大力，那把枪我会还给你，还有剩下的钱。我们会说我们是搭便车回去的，这样就和你扯不上关系了，你看怎么样？"

大力咬着他的身份证一角。他的证件年龄是二十一岁，那当然是假的，只不过是为了买酒方便罢了。"你确定要回去吗？警察对咱们油头可从来不客气。"

约翰尼点点头："确定。我不想让小马跟着东躲西藏，让达瑞和苏打在家里担惊受怕，这对他们不公平。我估计……"他吞了下口水，努力让自己看起来不那么充满期盼，"我估计我爸妈应该不会担心我吧。"

"兄弟们很担心，"大力面无表情，"两毛五还准备去得克萨斯找你们呢。"

"我爸妈……"约翰尼固执地重复道，"他们有没有问起我？"

"没有，"大力怒了，"他们没问过。该死的，约翰尼，他们问不问有什么关系？我老爸还不是一样？他才不管我是坐牢还是死了，或者出车祸，或者喝多了躺在排水沟里。你见我什么时候因为这个纠结过吗？"

约翰尼一声不吭，只是茫然地盯着仪表盘，满脸都是伤心与困惑。换作我可能早就放声大哭了。

大力小声骂着，脚下猛踩油门，从 DQ 开出来时几乎拉断了雷鸟的换挡杆。我为大力感到难过。他说他不在乎他的父母关不关心他，这是真话。可他和其他兄弟都知道约翰尼很在乎，所以他们才想方设法补偿他。我也说不清为什么，也许是约翰尼那副丧家犬般的可怜样以及他那双惶恐不安的大眼睛，总能激发每个人想要像哥哥一样保护他的欲望。可不管大家多么努力，他们始终无法代替父母的位置。这件事令我沉思了片刻：达瑞和苏打是我哥哥，我爱他们，尽管有些怕达瑞，可即便是苏打也无法顶替爸爸和妈妈的空缺，即便他们是我的亲哥哥。难怪约翰尼会如此伤心，因为他的父母对他漠不关心。同样的打击或许大力能够承受，因为大力什么都能承受。他坚强冷酷，是个硬汉，即便在不够强的时候，他也能迅速让自己变强。约翰尼也很强，该酷的时候也很酷，但是他比大力敏感得多，身为油头这可不是加分项。

"去他妈的，约翰尼。"飞驰在红色的土路上，大力咆哮道，"五天前你怎么没想到自首？那样就省事多了。"

"之前我很害怕，"约翰尼坚定地说，"现在仍然害怕。"他用手指摸了摸一侧鬓角，"小马，看来我们的头发白剪了。"

"我看也是。"回去是件让我高兴的事，我在这座教堂里已经待够了。只要能回去，就算剃个秃瓢也无所谓。

大力怒气冲冲地瞪着我俩，从我与他多年打交道的痛苦经验判断，当他出现这种眼神时，最好老老实实把嘴闭上。我的脑袋可不想挨他的凿子。那滋味我尝过，不，所有的伙伴都尝过。我们这个小团伙很少出现内斗的情况 —— 达瑞是我们公认的领袖，因为他头脑最清醒、理智；苏打和史蒂夫从小学起就是好哥们儿，他们俩从不打架；两毛五只是喜欢和人斗嘴；约翰尼沉默寡言，自然很少惹上麻烦，所以也没人和他打架；至于我嘛，我嘴巴也很严；可大力和我们不一样，谁要是惹了他，他可不会忍气吞声，要是把他惹毛了，那可要当心了。很多时候就连达瑞也要让他三分。他是个危险分子。

约翰尼一言不发，低头看着自己的脚。他最不愿意看到的就是我们中间有人因他而生气。此刻他难过极了。大力从眼角瞥他，我不忍再看，扭头望向窗外。

"约翰尼，"大力用一种我从没听过的又尖又细的声音恳求说，"约翰尼，我没有生你的气，我只不过是不想让你受苦。你不知道在监狱里待几个月能把你变成什么样。唉，去他妈的吧，约翰尼……"他把眼前一绺金得发白的头发撩向耳后，"监狱会把你变成一个没有感情的人。我不希望你变成像我这样……"

我一直盯着车窗外飞速后退的风景，我能感觉到自己的双眼睁得又大又圆。大力从来没有像这样说过话。从来没有。除了自己，大力才不会在乎别人的死活。他冷酷无情又卑鄙无耻。他从来不会像这样聊自己的过去，聊自己进监狱的经历——即便提起，通常也是为了炫耀。我忽然想到，大力十岁就进过监狱，从小在街头长大……

"难道你希望我下半辈子都这样东躲西藏、四处逃亡吗？"约翰尼很认真地问。

如果大力说是，约翰尼定会毫不犹豫地回教堂去。他认为大力比他懂得多，大力的话就是圣旨。可他没机会听到大力的回答，因为此刻车子已经开到松鸦山山顶，大力猛地踩了一脚刹车，惊讶地盯着前方。"天哪，"他低声叫道，"教堂着火了！"

"咱们去看看怎么回事。"我说着跳下车去。

"看什么看？"大力恼火地嚷道，"你给我上车，别等我下去拖你。"

我心里清楚，大力要是想抓我，他得先停好车，然后追上我，不过此时约翰尼也下车了，紧紧跟在我身后，所以我想大力应该拿我没辙。我们听见他在车里骂骂咧咧，但并没有下车收拾我们的意思。

教堂前面聚集了一群人，大部分都是小孩子。我很纳闷他们是从哪儿冒出来的。我轻轻拍了拍最近的一个大人的肩膀，问道："出什么事了？"

"呃，我们也不知道，"那人回答时脸上带着笑，"我们组织学生来这里野餐，结果不知怎的突然就烧起来了。幸亏天气潮湿，这又是个废教堂。"随后他转身对孩子们喊道，"退后，孩子们。消防员马上就到。"

"肯定是咱们引起的，"我对约翰尼说，"搞不好是咱们丢烟头的时候忘记踩灭了。"

这时，有个女士慌慌张张地跑过来："杰瑞，有几个孩子不见了。"

"估计就在附近吧，小孩子都喜欢看热闹，这会儿能跑到哪儿去？"

"不，"女士摇摇头，"他们起码半个小时以前就不见了。我以为他们爬山去了……"

紧接着，所有人都僵住了。隐约间，只是隐约，我们听到有人在呼喊，而且声音听起来好像是从教堂里面传来的。

女人顿时脸色煞白，语无伦次地说："我嘱咐过他们，不要到教堂里去玩的。我说过……"她惊慌失措，眼瞅着就要大哭，杰瑞急忙晃了晃她。

"别着急，我去救他们！"我拔腿就要冲向教堂。但杰瑞一把拽住我的胳膊："我去救人！你们小孩子离远点！"

我胳膊一挥便挣脱了，继续朝教堂跑去。我脑子里只有一个想法：火灾是我们引起的。火灾是我们引起的。是我们。

大门火焰熊熊无法靠近，我用石头砸烂一扇窗户跳了进去。事后想想，我没有被玻璃划死实属命大。

"喂，小马！"

我环顾四周，大吃一惊。原来约翰尼也紧跟着我跳进来了。我深吸口气，不由得咳嗽起来。浓烟熏得我眼睛直流泪。"那男的进来没有？"

约翰尼摇摇头："在窗户外面呢。"

"害怕了？"

"不是……"约翰尼咧嘴笑笑，"是太胖了。"

我可笑不出来，怕被烟呛死。火势越来越猛，木头噼啪炸裂的声音越来越大。约翰尼大声问我："孩子在哪儿呢？"

"估计在最里面。"我喊道。于是我们开始跌跌撞撞地穿过教堂。当时我有一种奇怪的超然物外的感觉。我心里想着，我应该害怕呀，可我不怕。带着火星的灰烬纷纷扬扬落在我们身上，刺痛的感觉犹如无数蚂蚁在咬。在红色的火光和朦胧的烟雾中间，我忽然想起自己曾经好奇的事情——燃烧的灰烬里面是怎样的景象？因而此刻我想：哈，现在我知道了，它像红色的地狱。可我为什么不害怕呢？

我们推开通往后面房间的门，发现里面有四五个小孩儿，都是七八岁或更小的年纪。他们惊恐地蜷缩在墙角，其中一个扯着嗓子又哭又叫。约翰尼大喝一声："安静！我们救你们出去！"小孩儿吓了一跳，顿时噤声。我眨了眨眼睛，嘿，约翰尼完全不像他平时的样子。他扭头朝门口瞥了一眼，发现门已经被火烧焦，于是他推开窗户，首先把离他最近的一个小孩儿丢了出去。我偷眼望他的脸，只见他一脸灰烬，满头大汗，却咧着嘴冲我笑。他也丝毫没有害怕。这是我唯一一次没有在他的眼睛里看到惶恐和犹疑。这一刻仿佛完全属于他。

我抱起一个孩子，他张嘴就咬了我一口，虽然情况紧急，但我还是把身体探出窗外，尽可能轻地放下他。此时外面已经围了一群人，大力也在。看见我后他大声叫喊："老天爷，你快出来啊！房顶快塌了！别管那些该死的孩子了！"

我没理他，但破旧的房顶不时掉下碎片，多少有些让人不安。我又抱起一个孩子，心想可别再咬我了，看也没看外面就把他扔了出去。我咳嗽得厉害，几乎站都站不稳。我真想把大力的夹克脱掉，实在太热了。将最后一个孩子丢出去时，教堂前部已经开始坍塌。约翰尼把我推向窗户："快走！"

我刚跳出窗外，便听见木头折断塌落的声响，长长的火舌从我身后的窗户里猛然蹿出。我踉跄几步，差点摔倒，使劲儿咳嗽着好让新鲜的空气钻进肺里。随后我听到约翰尼的惨叫，我转身便要回去救他，大力骂了我一句，冲我后背就是一棍。我眼前一黑，倒了下去。

醒来时，我只感觉世界晃悠得厉害。我浑身都疼，在恍惚中琢磨着自己身在何处。我试着思索，可耳边有种频率很高的声音一直响个不停。我甚至分不清那声音是来自外界还是来自我自己的头脑。慢慢地，我意识到那声音是警笛。警察来找我们了？我晕晕乎乎地想。我忍不住发出一声呻吟，渴望着一睁眼能见到苏打。有人拿着凉凉的湿布轻轻擦拭我的脸，一个声音说道："我看他要醒了。"

我睁开眼，周围光线昏暗。我在移动。他们要送我去监狱吗？

"这是哪儿……"我声音沙哑，喉咙里难受不堪，多一个字也说不出来了。我冲坐在我旁边的陌生人眨眨眼睛。但他不是陌生人，我见过他……

"别紧张，孩子，你在救护车上。"

"约翰尼呢？"我大喊，和几个陌生人待在这样一辆车上让我感到害怕，"还有达拉斯？"

"他们在另一辆救护车上，就跟在后面。放松，你不会有事的。你只是昏过去了。"

"才不是呢，"我拿出只对陌生人和警察才会使用的强硬语气说，"是达拉斯把我打昏的。他干吗打我？"

"因为你的背上着火了。"

我吃了一惊："是吗？天哪，我一点都没感觉到疼。"

"那是因为你还没有被烧伤，火就被我们扑灭了。多亏你穿的那件夹克，才让你少受了许多皮肉之苦，甚至可以说它救了你一命。所以你只是吸入了少量烟雾，受了点惊吓。当然，就灭火而言，他在你背上来那一下并没起多大作用。"

这时我想起他是谁了。杰瑞，那个因为太胖爬不进窗户的家伙。他应该是学校的老师，我想。"你们要送我们去警察局吗？"我还是有点迷糊。

"警察局？"这回对方一脸迷惑，"送你们去警察局干什么？我们要送你们三个去医院啊。"

我暗自忽略了他的第一个反问："约翰尼和大力没事吧？"

"谁？"

"约翰尼是黑头发的，大力是样子很凶的那个。"

他低头端详着手上的婚戒。也许他在想他的妻子？我急切等待着他的回答。

"那个浅黄色头发的年轻人应该没事。不过他有条胳膊被烧伤得很厉害，因为他想把另一个年轻人从窗户里拖出来。那个叫约翰尼的情况如何我不太清楚。房梁上的一根木头砸中了他的后背，可能砸断骨头了，而且他身上严重烧伤，从窗户里出来之前就昏过去了。医生正在给他输血。"他一定看到了我脸上的表情，因此迅速转换了话题，"说实话，你们三个是我很久以来见过的最勇敢的孩子了。先是你和那个黑头发的小伙子跳进窗户救人，然后那个样子很凶的小伙子又进去救他。我和奥布莱恩特太太都觉得你们是上天派来的，或者，难不成你们是职业英雄？"

上天派来的？他到底有没有认真看一眼大力啊？"不，我们是油头。"我说。我过度惶恐不安，竟没意识到他只是想活跃一下气氛。

"你们是什么？"

"油头。没听说过吗？就跟混混、痞子差不多。约翰尼因为杀了人正被通缉呢，大力在警察局的案底比辞典都厚。"

"你开玩笑的吧？"杰瑞不相信地盯着我，他一定以为我在说胡话。

"我没开玩笑。送我回城，你马上就能搞清楚了。"

"反正我们要送你们去城里的医院，你钱包里的地址卡上也写着你们住在城里。你的名字真叫小马？"

"是啊，出生证明上也是这么写的。所以别提了。孩……"我浑身无力，"孩子们没事吧？"

"没事，只不过受到点惊吓。你们逃出来后火中发生了几次爆炸，听着像枪声。"

枪声。那是我们的枪。还有我的《飘》。我们是上天派来的？我无力地笑笑。我估计这家伙知道我离歇斯底里只差一步，所以在之后去医院的路上，他一直用低沉舒缓的语调和我说话。

我坐在候诊室里等待大力和约翰尼的消息。医生给我检查过，除了几处烧伤和令人悲伤的瘀青，我大体无碍。我亲眼看着他们用担架把大力和约翰尼抬了进去。大力闭着眼睛，不过当我说话的时候他努力咧嘴笑了笑，还说我要是再干这种蠢事，他非揍扁我不可。医护人员把他推进去时，他嘴里仍在唠叨个没完。约翰尼昏迷不醒，我甚至不敢看他，不过让人放心的是他的脸没事。只是他脸色苍白，一动不动，看着十分虚弱。他的样子让我想哭，可当着那么多人的面，我极力忍住了。

杰瑞·伍德一直陪着我，而且不停地感谢我救出了孩子们。他好像不介意我们是油头。我把整件事都告诉了他，从我、约翰尼和大力在皮科特街和萨顿街交叉口碰头开始。但我略去了手枪和扒火车的事儿。他人很好，还说我们现在成了见义勇为的英雄，能帮我们摆脱不少麻烦，更何况我们是在自卫的情况下失手杀人的。

我一个人坐在那儿抽烟。杰瑞打完电话回来，瞪了我好一会儿，然后说道："你不要抽烟。"

　　我一愣："为什么？"我看看手里的烟，没觉得有什么不妥，我又环顾四周寻找禁止吸烟的标志，一个也没看见，"我抽烟怎么了？"

　　"怎么了？呃……"杰瑞结巴着说，"呃……你还太小。"

　　"我小吗？"我从没考虑过这个问题。我们社区里几乎每个人都抽烟，包括女孩子。当然，达瑞除外，他不愿损害自己引以为傲的健康体魄。而且我们很小就开始抽烟。约翰尼九岁开始，史蒂夫十一岁开始。所以当我开始抽烟的时候，大家都认为那是顺理成章的事。在我们家里，我算得上一杆大烟枪了。苏打只在需要镇定或装酷的时候才抽。

　　杰瑞轻叹一声，随后又笑着对我说："这里有些人想见你，说是你哥哥。"

　　我一下子跳起来就往门口冲，但这时门已经开了。苏打一个熊抱把我揽进怀里，抱起我转了个圈。见到他我高兴得想大叫。终于，他把我放下，仔细打量了一番，而后把我的头发往后一拨。"哦，小马，你的头发，你漂亮的头发……"

　　这时，我看到了达瑞。他靠在门口，穿着他那条橄榄绿牛仔裤和黑 T 恤。他依然高大健壮，只是两只手插在兜里，双眼充满期盼和恳求。我看着他，他咽了下口水，用沙哑的嗓音说："小马……"

我松开苏打，在原地愣了一会儿。达瑞不喜欢我……那晚是他把我赶出去的……他打了我……达瑞天天对我吼……他不在乎我……可我突然震惊地发现，达瑞哭了。他哭得无声无息，泪水却滚滚而下。我已经很多年没见他哭过了，即便爸爸妈妈去世的时候也没有（我依然记得葬礼时的情景，我哭得伤心欲绝，苏打也像个婴儿一样哀号不止，达瑞却只是站在那里，双手插兜，他脸上那种无助又带着恳求的表情和他现在一模一样）。

这一刻，我忽然想起苏打、大力和两毛五经常对我说的话。他们说达瑞是在乎我、关心我的，甚至像在乎苏打一样在乎我。正是因为太过在乎，他对我的要求才特别严格。当他大吼"小马，你跑哪儿去了"，他实际的意思是"小马，你吓死我了。你可千万要小心啊，你要是出了什么事，我可怎么活呀"。

达瑞低下头，默默转过身。我突然从恍惚中清醒过来。

"达瑞！"我大叫一声，扑过去，紧紧搂住了他的腰。

"达瑞，"我嘴唇哆嗦着说，"对不起……"

他抚摩着我的头发，尽管他拼命忍住泪水，但我依然能听到他轻微的啜泣声："天哪，小马，我以为我们要失去你了……就像失去爸爸和妈妈……"

害怕失去又一个至亲——原来这就是他无声的恐惧。回想从前，他和爸爸是那么亲密无间，而我曾经还认为他冷酷无情。隔着 T 恤听他的心跳，我倍感踏实。现在我知道，一切都将平安无事。流浪的孩子终于回家了，这一次我不会再离开。

第七章

现在变成我们三个坐在候诊室里，等待大力和约翰尼的消息。这时记者和警察来了。他们噼里啪啦地问了许多问题，把我搞得晕头转向、无力招架。如果你们想听真话，我承认，一开始感觉并不好，不客气地说甚至有点恶心。我怕警察，这就不用说了。一堆记者拿无数问题对我轮番轰炸，我当场就蒙了，大脑一片空白。幸好达瑞替我解围，说我现在状况不佳，不适合这种连珠炮似的提问，随后他们才放慢了节奏。达瑞确实有大哥的样子。

苏打活跃气氛是把好手，把这帮人逗得直乐。他摘了一个家伙的记者帽，又抢了另一个家伙的照相机，然后在医院里四处乱逛，模仿电视台记者采访护士。他还试图去玩警察的枪，被发现后便没皮没脸地冲人家笑，人家也只好冲他笑。苏打能让每一个人笑。

我找了些发油，想在他们拍照之前把头发弄得像样一点。现在这个样子要是上了报纸，我会羞愧死的。达瑞和苏打也被记者们拍了很多照片，杰瑞·伍德说那全是因为他俩长得帅，大众喜闻乐见。

苏打如鱼得水，快活得不行。我想，如果不是因为事件比较严肃，他可能会更开心。他就是抗拒不了这种令人兴奋的场面。说实在的，有时候我感觉他像一匹小马驹，长腿的帕洛米诺小马驹，天性好奇，遇到什么都要把鼻子伸向前去探个究竟。记者们纷纷用赞美的目光盯着他。我说过他像个电影明星，浑身散发着魅力。

但最后连苏打也厌倦了那些记者——同样的事情重复久了便没了新鲜感。他仰躺在长椅上，头枕着达瑞的腿，兀自睡起了觉。我估计他们两个都累了。时间已是深夜，况且这一个星期他们着急上火，怕也没怎么好好休息过。我如在梦中，甚至在回答记者提问的时候还在想：短短几个小时之前，为了缓解抽烟带来的眩晕感，我还蜷缩在教堂的墙角里睡觉呢。现在想想那一幕是多么不真实，可当时的我万念俱灰，怎么也想不到会有眼前这般柳暗花明的结果。

终于，记者和警察开始陆续离开。其中有个人转身问我："如果现在给你一个机会，你最想干什么？"

我疲惫地看着他，回答道："洗澡。"

他们觉得我很幽默，可我说的是真心话，因为我浑身难受极了。他们一走，医院顿时安静下来。唯一能听见的是护士们轻轻的脚步和苏打柔和的呼吸声。达瑞低头看着他，脸上露出无精打采的笑容。"他这个星期没怎么睡觉，"他小声说，"甚至可以说就没合过眼。"

"哼，"苏打懒洋洋地说，"你不也一样吗？"

护士们不愿意向我们透露约翰尼和大力的情况，所以达瑞就去找医生。医生说他只和病人家属谈，但达瑞最终还是让他相信，我们几个对大力和约翰尼而言是和家人一样的。

于是他说，大力只需住院两三天就没什么问题了。他一条胳膊被烧伤，可以肯定的是那块伤疤将伴他一生。不过他只要休养几个星期，那条胳膊就能正常活动，所以不用担心大力。

我就说嘛，大力总能逢凶化吉的，什么事都打不倒他。我担心的是约翰尼。

他的情况十分危急。脊柱被木头砸断，目前仍重度休克，且全身三度烧伤。医院正想尽办法为他缓解疼痛。不过因为脊柱断了，他甚至感觉不到腰部以下的疼痛。半昏迷时，他不停地叫着大力和我的名字。如果他能活下来……呸，如果？老天保佑，不要如果。我面无血色，达瑞紧紧搂住我的肩膀……即便他能活下来，下半辈子也成残废了。"你们非要问，我只好如实相告，"医生说，"现在回家去吧，你们都需要休息。"

我浑身发抖，喉头发紧。我想哭，可油头是不会在陌生人面前哭的。我们中间有些人一辈子都没哭过。像大力、两毛五和蒂姆·谢泼德这些人，他们很小的时候就忘记了怎么哭。约翰尼，残废？我一定是在做梦，我惶恐不安地想，一定是做梦。等我醒来时，我会躺在家里，或者那间破教堂里，所有的一切都和原来一样。可我无法相信自己。约翰尼即使能活下来也会残废一辈子，他再也踢不了足球，再也不能和我们一起打群架。他将不得不永远待在那个他最痛恨的、没人疼他、没人要他的家里。一切都将和过去大不一样。我不敢开口说话。我怕如果我说出一个字，憋在喉咙里的那团气便会泄出去，我可能会控制不住放声大哭。

我深吸了口气，紧紧闭着嘴。此时苏打已经醒了。尽管他看上去面无表情，仿佛医生的话一句都没听见，但他满脸错愕，双眼呆滞无神。苏打对残酷的现实天生绝缘，可一旦现实穿透了他的防御，往往会造成难以想象的沉重打击。他现在的样子和我那天晚上在公园里看到那个黑头发的少爷党缩成一团躺在月光下一动不动时一模一样。

达瑞轻轻摸了摸我的后脑勺："咱们回家吧。在这里我们也帮不上什么忙。"

上了我们的福特车，前所未有的困意瞬间袭来。我靠在座椅上，闭着眼睛，不知不觉间已经到了家。苏打将我轻轻摇醒："喂，小马，醒醒。回屋里睡。"

"哦……"我睡意蒙眬地答应一声，头一歪，又躺倒在座位上。这会儿就算火烧屁股我怕是也起不来了。我能听见达瑞和苏打的声音，但感觉很遥远。

"嘿，别这样，小马。"苏打恳求说，随即又使劲摇了摇我，"我们也都困死了。"

可能达瑞实在不想再磨蹭下去，抱起我就走。

"都这么大了还让抱。"苏打嘟囔说。我想叫他闭嘴，让我好好睡一觉，可我只打了个哈欠。

"这小子瘦了不少。"达瑞说。

迷迷糊糊地，我想到起码要自己把鞋脱掉，可我有心无力。达瑞一把我放在床上，我就立刻倒头大睡起来。我已经忘记床有多么柔软了。

第二天早上我第一个醒来。我的鞋子和衬衣应该是苏打替我脱的，但我仍然穿着牛仔裤。可能他也实在太困了，自己的衣服都没顾得上脱。他和衣而卧，四仰八叉地躺在我旁边。我从他胳膊下面悄悄挪出来，拉了条毯子盖在他身上，然后去洗澡。苏打睡觉的时候看着更年轻，不像快满十七岁的人，约翰尼睡着的时候也是如此。我想可能大家都一样吧，睡着的时候显得年轻。

　　洗过澡，找一身干净的衣服穿上。我花了五分钟时间对着镜子在脸上寻找胡子的痕迹，另外还哀悼了一番我的头发。不伦不类的发型让我的耳朵显得特别突出。

　　去厨房做早餐时达瑞还没醒。最先起床的人做早餐，其他两人刷碗。这是我们家的规矩。以往都是达瑞起得最早，我和苏打负责刷碗。我看了看冰箱，找到几个鸡蛋。不过鸡蛋的吃法我们三个各不相同。我喜欢煮的，他俩喜欢煎的。而煎了之后的吃法也不一样，达瑞喜欢用煎鸡蛋搭配番茄和培根做三明治，苏打则喜欢配着葡萄果冻吃。我们三个早餐都喜欢吃巧克力蛋糕。以前妈妈从不允许同时吃蛋糕、火腿和鸡蛋，但达瑞被我和苏打说服了。这件事毫不费力，因为达瑞和我们一样喜欢吃巧克力蛋糕。苏打每天晚上都会确保冰箱里有巧克力蛋糕，即便没有，他也能很快烤出一个。不过我更喜欢达瑞的手艺，苏打做的糖霜太甜了。我真受不了他的口味。果冻、鸡蛋和巧克力蛋糕搭配在一起，他怎么吃得下去？可他对此偏爱有加。达瑞喝黑咖啡，我和苏打喝巧克力奶。我们也能喝咖啡，只是更爱巧克力奶。反正我们三个对巧克力制品毫无抵抗力。苏打说如果有巧克力香烟，他肯定会抽。

"家里有人吗？"一个熟悉的声音在门外叫道，随后两毛五和史蒂夫一前一后进了屋。我们到对方家里从来都是不请自入，而我们家的门也从来不上锁，免得哪个兄弟跟父母吵架之后无处可去，所以每天早上我们的沙发上不一定躺着谁呢。但大多时候是史蒂夫，他差不多每个星期都会被他爸爸轰出来一次。他心里其实并不好受，尽管他爸爸第二天会给他五六块钱作为补偿。除了他还有可能是大力，这家伙居无定所。有天早上我们甚至看到蒂姆帮的老大蒂姆·谢泼德坐在我家的扶手椅上看报纸。他抬头和我们打了个招呼，也不留下来吃早餐就大步离开了。两毛五的妈妈提醒我们当心小偷，但达瑞亮了亮沙包一样的肌肉，拉着长腔说他才不怕呢，况且我们家也没什么值钱的东西可偷。他说，他宁可冒被偷的风险，也要给兄弟们提供一个可以冷静的地方，免得他们冲动之余去打劫加油站或干出别的什么难以弥补的傻事。所以，我们家的门从来不锁。

"在这儿呢！"我忘了达瑞和苏打还在睡觉，大声回答说。"关门轻一点。"我立刻又小声提醒。

当然，提醒也是白搭。咣当一声，门关上了，两毛五跑进厨房，抱起我就在原地转起了圈，丝毫不顾及我手上还拿着两个生鸡蛋。

"嘿，小马！"他兴奋地叫道，"我想死你了。"

你可能会觉得，不就五天没见吗？搞得跟五年似的。我才不在乎呢。我喜欢两毛五，他是最值得交的好朋友。他把我推向史蒂夫，史蒂夫在我瘀青未消的后背上拍了拍，接着把我往外推。我手里的一个鸡蛋飞了出去，打烂在钟表上。我立刻牢牢攥住另一个鸡蛋，结果用力过猛捏碎在手心里。黏糊糊的蛋液从指缝间拖着长丝坠下去。

"瞧你们干的好事，"我埋怨他们说，"我们的早餐泡汤了。你们俩就不能等我把鸡蛋放下再闹吗？"我真的有点生气了，因为我刚刚才想起我已经很长时间没吃东西。我最后吃进肚子里的还是 DQ 的热巧克力圣代。现在的我已经饿得前胸贴后背了。

两毛五围着我慢悠悠地兜了半个圈子，我叹了口气，因为我知道他要说什么。

"我的乖乖！"他转的时候一直盯着我的脑袋，"真不敢相信，我以为俄克拉何马州的印第安人早被驯化了呢。我说小马，这是哪个小野猫把你那漂亮的拖把头弄成这样啦？"

"一边儿待着去。"我没好气地对他说。这本来就是我最不愿面对的东西，感觉我像是得了什么病似的。

两毛五冲史蒂夫使了个眼色，随后便听史蒂夫说："这有什么难理解的，他得先把头发剪了人家才肯给他拍照片登到报纸上嘛，要不然谁会相信一个油头小子也能当英雄。当英雄的感觉怎么样啊，大人物？"

"当什么？"

"当英雄啊。你看，"他把早上的报纸塞给我，"多像个大人物。"

我看着报纸，第二版头条是一个醒目的大标题：《不良少年变身大英雄》。

"我很喜欢'变身'这个词，"两毛五一边清理着地板上的鸡蛋液一边说，"你们本来就是英雄，只不过遇到危险才会变身。"

我耳朵里已经听不见他的声音了，因为我正专心读报纸上的文字。这一整版都在报道我们的事——打架、死人、教堂失火、醉酒的少爷党，等等。文字中间是我们三兄弟的合影。报道中详细讲述了我和约翰尼不顾个人安危，冲进火海救那些孩子的英勇举动，后面还附加了某位家长的评论，说如果不是我们，他们的孩子很可能会被活活烧死。报道中还提到了我们和那些少爷党打架的事，当然，他们不会用"少爷党"这种叫法，因为大多数成年人并不知道我们小孩子之间的争斗。他们采访了樱桃·华伦斯，她说鲍勃当晚喝过酒，送她回家的路上他们就想找人打架了。鲍勃对她说他要修理我们，因为我们"骚扰"了他的女朋友。和鲍勃一起找我们麻烦的那个兰迪·安德森也证实说，是他们先挑衅，我们只是出于自卫才还的手。但他们控告约翰尼过失杀人。接着我还发现，他们声称，我由于畏罪潜逃，应该上少年法庭。约翰尼也是，如果他能康复的话。（不是如果，我再次提醒自己。他们干吗老说"如果"？）不过这一次破天荒地没有针对大力的指控。我估计他会生气的，因为报纸虽然把他抢救约翰尼的行为奉为英雄之举，却没有提及他的辉煌前科，那是他引以为傲的资本啊。要是让他遇到那群记者，他非揍扁他们不可。另外还有一栏说的是我、达瑞和苏打我们三兄弟。报道中介绍了达瑞，他一个人打两份工，且每份工作都干得很好，他上学时也是一名品学兼优的好学生。他们提到了苏打辍学的事，并指出他那么做的初衷是为了防止我们兄弟三人被分开。他们透露说，我在学校经常上光荣榜，还说将来我有可能成为一个田径明星（哦，对，我忘记说了，我是学校田径队的，而且是年龄最小的成员。我好歹也算个运动健将）。然后文章还说，鉴于我们如此努力地想要生活在一起，那我们就不该被分开。

这文章的最后一句话终于戳中了我的心窝。"你是说……"我咽了口唾沫，"他们打算把我和苏打送进孤儿院之类的地方吗？"

史蒂夫小心翼翼地往后梳着他那打卷儿的头发："差不多吧。"

我颓然坐下。现在可不能把我们兄弟三人强行分开啊。我和达瑞才刚刚和解，况且油头和少爷党的大战迫在眉睫，说不定我们能一次性解决双方之间的矛盾。不，现在不行。约翰尼需要我们。大力还躺在医院，同样参加不了这场大战。

"不行！"我大声说道。正在擦钟表的两毛五扭头诧异地盯着我。

"什么不行？"

"我不能让他们把我们送进孤儿院。"

"别担心。"史蒂夫说，他自信满满地表示，不管发生什么他和苏打都能应付，"他们是不会这样对待英雄的。苏打和超人在哪儿呢？"

说到这儿，达瑞已经刮好胡子换上了衣服，悄无声息地来到史蒂夫身后，猛地把他抱得双脚离地，而后重重丢在地上。我们偶尔会管达瑞叫"超人"或"猛男"。但有一次史蒂夫失口说他是肌肉发达、头脑简单，结果差点被他打碎下巴。所以从此史蒂夫再不敢如此调侃，达瑞却始终没有原谅他。达瑞对自己没能上大学这件事一直耿耿于怀。那也是我唯一一次看到苏打生史蒂夫的气，尽管苏打对受不受教育持无所谓的态度。他觉得学校无聊透顶，没什么意思。

这时苏打跑进来。"我昨天洗的那件蓝衬衣呢？"他就着盘子喝了一口巧克力奶。

"老兄，实在不想说的，"依然躺在地上的史蒂夫说，"可你得穿上衣服才能上班哦，要不然多伤风败俗啊。"

"还用你说？"苏打说，"还有我那条小麦色的牛仔裤哪儿去了？"

"我拿去熨了，在衣橱里呢，"达瑞说，"快点，你要迟到了。"

苏打一边嘟囔一边往回跑："马上，马上。"

史蒂夫跟着他回房间，两人怕是又要来一场枕头大战。我心不在焉地看着达瑞在冰箱里找巧克力蛋糕。

"达瑞，"我忽然说，"你知道少年法庭的事吗？"

他依然盯着冰箱里面，头也不回地说："知道，昨天晚上警察跟我说了。"

这时我才知道，他可能已经预感到我们会被分开。我不想再给他添乱，遂转移话题说："昨天夜里我又做了那个梦，就是那个连内容都想不起来的梦。"

达瑞转身面对我，一脸恐惧："什么？"

爸爸妈妈葬礼那天晚上，我做了一个噩梦。小时候我经常做些稀奇古怪的梦，可没有一个能与这个相比。我从梦中惊醒，嘴里大喊着"杀人了，杀人了"。问题是我怎么都想不起来自己梦见了什么把我吓成那个样子。苏打和达瑞也被我吓坏了。一晚又一晚，连续几个星期，我一再做这个噩梦，每每尖叫着醒来，一身冷汗。事后仍然记不起梦里究竟发生了什么。于是苏打开始陪我一起睡，虽然做噩梦的频率有所降低，但隔三岔五来一次还是把达瑞吓得够呛，于是他带我去看了医生。医生说是我想得太多的缘故，最直接的治疗方法就是努力学习，多读书，多画画，多踢球。踢一场球下来，再看四五个钟头的书，身体和大脑全都疲惫不堪，我就没工夫再做梦了。但达瑞还是放心不下，每隔一阵子就会问我有没有再做那个梦。

"很吓人吗？"两毛五问我。他知道整件事的来龙去脉，而他自己除了金发美女，就没梦到过别的，所以很感兴趣。

"没有。"我骗他说。我半夜惊醒时一身冷汗，瑟瑟发抖，可苏打却睡得像个死人。我只好挨着他，缩在他的臂弯里哆嗦了几个小时都没再睡着。那个梦总能把我吓个半死。

达瑞仿佛要说些什么，可还没开口，苏打和史蒂夫就进来了。

"等着瞧吧，"苏打对我们说，"收拾完那些少爷党，我和史蒂夫要开一个大派对，到时候每个人都能开怀畅饮，然后我们再把那些少爷党赶到墨西哥去。"

"你拿什么办派对啊，小男孩？"达瑞已经找到了巧克力蛋糕，一块一块递出来分给我们。

"我会想办法的。"苏打一边吃一边胸有成竹地回答。

"你要带珊迪来吗？"我没话找话，大家却突然沉默。我扫了他们一圈，问道："怎么了？"

苏打低着头，脸红到了耳根上："不带。她去佛罗里达跟她外婆一起住了。"

"怎么会这样？"

"喂。"意外的是，史蒂夫竟然有些生气，"问那么清楚干吗？反正要么分手要么结婚，她爸妈一听说她要嫁给一个十六岁的油头小子，气得差点把房顶掀了。"

"十七。"苏打幽幽地纠正说，"再过几周我就十七岁了。"

"哦。"我略显尴尬。苏打可不是那种少不更事的年轻人。我们经常在一块儿扯淡打屁。他吹牛的功夫不亚于任何人。可他从不谈论珊迪,和珊迪有关的话题他总能巧妙避开。我还记得珊迪凝视苏打时的样子,蓝色的眼眸闪闪发光。我真替她感到遗憾。

随后是一阵令人压抑的沉默。最后达瑞说:"咱们该上班去了,百事可乐。"那是爸爸对苏打的昵称,达瑞很少叫。但他显然是故意这么叫的,因为他知道苏打此时正为珊迪的事伤心难过。

"小马,我真不想把你一个人撇在家,"达瑞缓缓说道,"要不我请个假得了。"

"以前我一个人没事儿,现在自然也不会有事。请假损失太大了。"

"话是不错,可你毕竟刚回来,我应该陪陪你……"

"我来当这个保姆好了。"两毛五说。我冲他挥了一拳,但他躲开了,接着说:"反正我也无事可做。"

"那你怎么不找份工作呢?"史蒂夫说,"你有没有想过打工挣钱养活自己?"

"打工?"两毛五一脸惊恐,"我不要面子吗?要是知道周六哪儿还有托儿所开门的话,我就把自己托进去了,哪里还会跑到这儿来当保姆？”

我把他的椅子往后一拉，骑到他身上，可他劲儿比我大，立马就又把我压到身下。我顿时喘不过气，看来我得戒烟了，就这肺活量，明年拿什么参加田径比赛啊。

“叫叔叔。”两毛五说。

“门儿都没有。”我挣扎着说，可惜我的力量还没有恢复。

达瑞穿上夹克：“你们俩刷碗。去看大力和约翰尼之前你们可以去看场电影。”他顿了顿，看我在两毛五身下动弹不得，遂又说道，“两毛五，饶了他吧。他脸色不太好。小马，吃两片阿司匹林，歇一会儿。今天你抽烟要是敢超过一包，我扒了你的皮。听见没有？”

“听见了。”我一边答应一边站起身，“你今天要是再敢扛两捆材料上房顶，我和苏打就扒了你的皮。听见没有？”

他破天荒地冲我笑了笑：“听见了。咱们下午再见。”

“再见。”我说。这时，我们的福特车发动起来，我想应该是苏打开车。他们一块儿走了。

“在市中心瞎逛的时候，为了抄近路，我进了一条小巷……”刷碗的时候，两毛五喋喋不休地向我讲述他近期的事迹。当然，是我在刷碗，他像个大爷似的坐在橱柜上，磨他那把最爱的黑把儿弹簧刀。"……然后我遇到三个家伙。我打招呼说，'你们好啊'。他们几个互相看看，然后其中一个说，'我们原本想劫个财的，不过看你这贼眉鼠眼的，应该是同行吧？估计从你身上也掏不出仨瓜俩枣来'。我当即就说，'伙计好眼力'，然后就走了。所以我问你，在偏僻的小巷里遇到一群流氓时，你得是什么样的人才最安全？"

"柔道高手？"我问。

"不，你得是和他们一样的流氓。"两毛五大声说。他笑得前仰后合，差点从橱柜上摔下来。我也只好跟着傻笑。两毛五是个脑筋不会转弯的家伙，说话、做事都是直来直去，而且什么事到他这里都能变得滑稽可笑。

"我们得把家里收拾一下，"我说，"记者、警察，说不定还有别的什么人可能会来。况且州里那些当官儿的也该来露个脸了。"

"你家里又不乱，你该到我家看看。"

"我见识过。你哪怕有山羊的干净劲儿，也该帮着家里收拾收拾，而不是到处闲逛。"

"小子，要真有一天我那么干了，我老妈可能会吃惊死的。"

我喜欢两毛五的妈妈。她和她儿子一样诙谐幽默、平易近人。但她比她儿子可勤快多了，这样的女人养育出的儿子起码不会去杀人放火。不过谁知道呢，反正我觉得像两毛五这样的性格是很难得罪到人的。

刷好碗，我穿上大力的棕色皮夹克——后背已经被熏成了黑色——然后出发前往第十大街。

"原本可以开车的。"两毛五说，走在街上，他竖起大拇指尝试着拦辆车子，"可我的车子刹车坏了。前天晚上差点害死我和凯茜。"他竖起黑夹克的领子挡住风，点上一支烟，"你是没见凯茜的弟弟，那小子才是个正经混子、地道油头。他连走路都是滑着走的。你知道吗，他跑到人家理发店里，结果只让人给他换换发油。"

我本该笑的，可我头疼得厉害，实在笑不出来。我们在好味冰站停下来买可乐，顺便歇一会儿。那辆已经跟了我们八个街区的蓝色野马跑车也停了下来。我差一点就撒腿逃命，但两毛五一定看出了我的想法，他不易察觉地冲我摇摇头，丢给我一支烟。点上烟时，曾经在公园里拦截我和约翰尼的那几个少爷党也下了车。我认出了兰迪·安德森，他是玛西亚的男朋友，还有那个差点把我淹死的大高个。我恨这些家伙。因为他们，鲍勃死了，约翰尼生死未卜，而我和苏打很可能被送进孤儿院。我恨他们，又看不起他们，在这一点上，我和大力完全一致。

两毛五用胳膊肘搭着我的肩靠在我身上，若无其事地抽着烟。"你们应该知道规矩，决战之前谁都不找谁的麻烦。"他对那几个少爷党说。

"我们知道。"兰迪回答，他又看着我说，"你过来，我想和你聊聊。"

我看了眼两毛五，他耸耸肩。于是我跟着兰迪走向他的车子，避开其他人的耳朵。我们坐进他的车里，起初是一段尴尬的沉默，谁也不说话。但我得承认他的车子实在太酷了，那是我坐过的最漂亮的车子。

"我在报纸上看到关于你的报道了，"兰迪终于说，"你为什么那么做？"

"我也不知道，可能我喜欢扮演英雄吧。"

"换我就做不到。我可能会任由那些孩子烧死。我为什么要去救人呢？"

"这可不一定，或许你跟我一样，也会冲上去救人。"

兰迪掏出一支烟，塞进车上的点烟器："我不知道。我现在什么都不确定了，我从来不相信油头能做出这样的事。"

"这跟是不是油头没有关系。我那位朋友可能做不出来，但也许你能，而你的朋友又未必。这是因人而异的。"

"今晚的决斗我不去了。"兰迪缓缓说道。

我仔细看了他一眼。他应该也在十七岁上下，但他看上去很老成，和大力一样老成。樱桃说他们这类人都很冷漠，但她记得自己欣赏落日的情景。兰迪也该是个冷酷无情的家伙呀，可我明明从他眼睛里看到了痛苦。

"我受够这一切了。既痛恨，又厌倦。鲍勃人不坏，他是我最好的哥们儿。我知道他爱打架，爱惹是生非，可他是个真实的人。你能明白我的意思吗？"

我点点头。

"他死了，他妈妈精神崩溃，是他们把他宠坏的。我想这也很正常吧，绝大多数父母都会以这样的孩子为荣。毕竟他聪明、帅气，哪儿哪儿都好。可他们总是顺着他。他一直希望他爸妈能对他说句'不'，可他们没有。他们永远不对他说'不'。没人知道他想要什么，但我知道。他想要有人告诉他什么事不能做，想要有人给他立下规矩，划定界限，指出必须遵循的原则。其实我们都需要这些，真的。有一次……"兰迪努力挤出一丝笑，可我看得出来，他的眼眶里已经有泪水在打转，"有一次，他回到家时已经喝得烂醉，他以为他爸妈肯定会大发雷霆。可你知道他们是什么反应吗？他们认为那是他们的错，是他们辜负了孩子，做了什么不该做的事情才把孩子逼成那个样子。他们把所有责任都揽到自己身上，对他却连一句责备的话都没有。如果他爸爸能抽他一顿，哪怕一次也好，他可能就不会走到今天这一步了。我不知道为什么我要和你说这些，可我没有别的能说话的人。我的那些朋友，如果他们知道我的想法，一定会以为我疯了或屄了。也许真是那样。但我实在受够这一切了。那个小子——你那个被烧伤的哥们儿——他会死吗？"

"有可能。"我尽量不去想约翰尼。

"今天晚上……打群架也可能会有人受伤，甚至死掉。我受不了这些是因为这么做毫无意义。你们赢不了的，你应该知道吧？"我默不作声，他继续说了下去，"你们赢不了，就算你们赢了打架又如何呢？你们不还是和以前一样处在社会底层吗？而我们依然是要风有风、要雨有雨的幸运儿。所以说，打打杀杀毫无意义。它什么都证明不了。不管你们是打赢还是打输，我们很快都会忘记。油头还是油头，少爷党还是少爷党。有时候我会想，也许处在这两派中间的才是真正的幸运儿……"他深吸了口气，"所以，如果我觉得没有意义，我是不会参与的。我可能会离开这个城市，开着我的破野马，带上我全部的家当离开这儿。"

"逃避是没用的。"

"哼，我当然知道，"兰迪微微抽泣起来，"可我能怎么办呢？如果打架的时候我临阵退缩，他们会嘲笑我是胆小鬼。可如果我硬着头皮上，又过不了我自己这一关。我也不知道该如何是好。"

"如果可以，我会帮你的。"我说。我忽然想起樱桃的话，"家家有本难念的经"。现在我知道她的意思了。

他看着我："不，你不会的。我可是你们口中的'少爷党'。人只要有一点钱，全世界都仇视你。"

"不，"我说，"是你们在仇视全世界。"

他目不转睛地盯着我。从他看我的眼神来看，他比实际年龄起码要老十岁。我下了车。"如果你在场，你也会救那些孩子的。"我说，"而且你做得不会比我们差。"

"谢谢你，油头。"他本想咧嘴笑笑，却又忽然停住，"我不是那个意思，我想说的是，谢谢你，朋友。"

"我叫小马，"我说，"跟你聊天很愉快，兰迪。"

我走回到两毛五跟前，兰迪也按了按喇叭召唤他的朋友们上车。

"他想干吗？"两毛五问，"那阔少爷跟你说什么了？"

"他不是什么阔少爷，"我说，"他是个跟我们一样的年轻人。他只是想找人聊聊天而已。"

"去看大力和约翰尼之前，要不要去看场电影？"

"不了。"我说着又点上一支烟。我的头依然很疼，但现在感觉好多了。看来少爷党和我们一样都是普通人。老话说得对，家家有本难念的经。不过这样也好，这样起码你会知道，别人和你一样。大家都是人，平凡的人。

第八章

护士不同意我们见约翰尼。他目前仍未脱离危险，所以禁止探视。但两毛五不死心，里面躺着的是他的好兄弟，见不到人他怎肯罢休？我们苦苦哀求，说尽好话，可护士就是不松口，直到后来惊动了医生。

"让他们进去吧，"了解了情况后，医生对护士说，"病人也想见他们呢。反正见个面对病情也不会有什么影响了。"

两毛五没有注意到医生的口气。看来是真的，我木然地想，约翰尼快死了。我们几乎是踮着脚尖进了病房，因为医院里安静得吓人。约翰尼静静地躺在病床上，眼睛闭着，不过当两毛五说了句"嘿，约翰尼老弟"时，他睁开眼睛望着我们，嘴角动了动，似乎想笑。"嘿，你们俩。"

正在拉开百叶窗的护士听了，微笑着说："他总算开口说话了。"

两毛五环顾四周："他们对你还好吧，小子？"

"他们……"约翰尼喘了口气，"他们……不让我抹发油。"

"别说话了，"两毛五拉过一把椅子，"你听着就行，下次我们给你带点发油。今天晚上我们要大决战呢。"

约翰尼黑色的大眼睛又睁大了些，但他没说什么。

"真可惜你和大力不能参加。不算收拾蒂姆帮那次，今天会是咱们打的规模最大的一场群架。"

"他来过。"约翰尼说。

"蒂姆·谢泼德吗？"

约翰尼点点头："来看大力的。"

蒂姆和大力一直是好哥们儿。

"你知不知道你的名字上报纸了，还是英雄？"

约翰尼点头时嘴角动了动。"挺好。"他吃力地说道，但他的眼睛里闪烁着光芒。我想，就算南方绅士也比不上约翰尼·凯德吧。

我看得出来，即便说很少的话也足以令他筋疲力尽。他的脸色几乎和枕头一样白，看起来吓人极了。两毛五假装没注意到。

"小子，除了发油，你还想要什么？"

约翰尼微微点了下头。"那本书，"他看着我，"你能再搞一本吗？"

两毛五也看着我。我没有跟他说那本书的事儿。

"他想要一本《飘》，那样我就能念给他听了。"我解释说，"要不你去外面买一本？"

"行，"两毛五高兴地答应道，"你们俩在这儿等着。"

我在两毛五的椅子上坐下，绞尽脑汁想找些话说。"大力没什么大碍，"我最后说，"我和达瑞，我们也和好了。"

我知道约翰尼能听懂我的意思。我们一向无话不谈的，而在教堂里那段孤独的日子更加深了我们的友谊。他再度努力想挤出点微笑，可突然脸色煞白，又紧紧闭上了眼睛。

"约翰尼！"我惊叫道，"你没事吧？"

他点点头，但仍闭着眼："没事，就有时候会很疼。一般不会疼的，我腰部以下已经没知觉了。"他躺在那儿喘了一会儿气，"我的情况很不好，是不是，小马？"

"你会好起来的，"我装作轻松的样子说，"一定会的。我们可不能没有你。"

最后这句话真实得可怕，它无情地刺痛了我的心。我们真的不能没有约翰尼。我们离不开约翰尼，就像他离不开我们。

理由是一样的。

"我以后再也不能走路了。"约翰尼说，迟疑了下，他接着又说，"连拄拐杖都不行。我的脊柱断了。"

"你会好起来的。"我坚定地重复道。别哭。我命令自己。千万别哭，你会吓到约翰尼的。

"你知道吗，小马？我好害怕。以前我还想过自杀……"他颤抖着吸了口气，"可现在我不想死了，我还没活够呢。十六岁就死掉也太短命了。我还有很多事没做过，很多世面没见过，我不甘心。这不公平。你知道吗？我长这么大唯一一次离开咱们的社区就是和你一起扒火车去文德瑞克斯。"

"你不会死的。"我努力稳住自己的声音，"你也不要太激动，不然让医生看见了就不让我们再来看你了。"

一个人混迹街头十六年确实能学到很多，但那都是些你不该学也不想学的坏东西；一个人混迹街头十六年也能见识很多，可惜全是些你并不想看见的肮脏与丑陋。

约翰尼闭上眼睛休息了一会儿。活在东区，你自然而然就能学会如何克制自己的情绪。没有这项技能，人是会爆炸的。你得懂得给自己降温。

一名护士出现在门口。"约翰尼，"她轻声说道，"你妈妈来看你了。"

约翰尼猛然睁大双眼，露出惊讶万分的神情，但随之目光一沉。"我不想见她。"他决绝地说。

"那是你妈妈呀。"

"我说了不想见她。"他提高了音量，"她说不定是来埋怨我给她惹了那么多麻烦，顺便告诉我，要是我死了她和我爸爸会有多开心。哼，去告诉她别来烦我，就这么一次，"他哽住了，"就这么一次，别来烦我。"他挣扎着想坐起来，但又突然气喘吁吁，脸上瞬间没了血色，随后便昏过去了。

护士急忙让我出去："不让见非见，我怕的就是这种情况。"

我刚要出门，却和正要进来的两毛五撞了个满怀。

"现在不能见。"护士说道。于是两毛五把书交给她并叮嘱说："等他醒来亲手给他。"护士接过书，随手关上了门。两毛五盯着房门久久伫立。"这种结果无论发生在谁身上都行，我就是不希望发生在约翰尼身上。"他说，我从没见他如此严肃过，"我们离了谁都行，可就是不能离了约翰尼。"他忽然转过身，"咱们去看看大力吧。"

进入走廊，我们看到了约翰尼的妈妈。我认识她。她是个身材娇小的女人，头发又黑又直，乌溜溜的大眼睛和约翰尼一样。但两者的相似之处也仅限于此了。约翰尼的双眼敏感且充满恐惧，而她则刻薄冷淡。从她身边经过时，她正对护士说：

"可我有权利见他啊，他是我儿子。我和他爸爸辛辛苦苦把他拉扯大，他就这样报答我们吗？他宁可见他那些不三不四的狐朋狗友，也不肯见我们……"说到这里她看见了我们，眼神立刻变得凶狠恶毒，吓得我几乎要转身逃走，"都是你们害的，整天半夜三更还在外面鬼混，到处惹麻烦，天晓得你们还干过别的什么好事……"我以为她要破口大骂，心里害怕极了。

两毛五眯起眼睛，我真担心他控制不住。说实在的，我最不忍心看到女人挨骂，哪怕是她们咎由自取。"难怪他那么恨你。"两毛五义愤填膺地说道。他正准备臭骂她一通，我推着他赶紧走开了。这个女人让我难受。难怪约翰尼不想见她，难怪他经常在两毛五家或我们家，天气好的时候甚至在空地上过夜。我想起了我的妈妈……像苏打一样美丽、热情，像达瑞一样聪明、坚定。

"天哪，"两毛五声音发颤，眼里含着泪说，"他都过的什么日子啊！"

我们快步走向电梯前往下一层。但愿护士能坚持原则不让约翰尼的妈妈进去探视。他会难受死的。

我们走进病房时，大力正和一个护士吵得不可开交。看到我们他咧嘴直乐："天哪，见到你们真是太高兴了！医院里这些人不让我抽烟！我不想在这儿待了。"

我们坐下来，相视一笑。大力还是那个大力，脾气暴躁，不可一世。但他状态不错。

"谢泼德刚刚来看过我。"

"约翰尼告诉我们了。他说什么没有？"

"他说他在报纸上看到我的照片了，但他不敢相信居然没找到'通缉'两个字。不过他来主要还是说今晚打群架的事。该死的，太可惜了，我去不了。"

就在上个星期，蒂姆·谢泼德还打断了大力三根肋骨呢。可不服不行，不管打成什么样，这两人仍然是好哥们儿。他们是同类人。这一点他们都很清楚。

大力冲我笑笑说："小子，那天你吓死我了。我还以为失手把你打死了呢。"

"打死我？"我一头雾水，"你说什么呀？"

"你从教堂里跳出来时，我原本只想把你放倒在地，好把你身上的火扑灭，可你一头栽在地上一动不动，我还以为下手太重把你脖子砸断了呢。"顿了顿，他接着说，"幸亏没有。"

"谢谢你的不杀之恩。"我笑着说。我从来没有真正喜欢过大力，但这一刻，我平生第一次感觉到他是那么亲切，就像我的好兄弟。而这仅仅是因为他对没有失手打死我而表现出的欢喜。

大力望了望窗外。"呃……"他故作轻松地说,"约翰尼那小子怎么样?"

"我们刚从他那儿过来。"两毛五说,我能感觉到他在犹豫要不要把事情告诉大力,"医生的事我不太懂,反正看着……不太妙。我们走之前他还昏过去一次。"

大力下巴绷得发白,咬牙切齿地骂了几句。

"两毛五,你那把漂亮的黑把儿弹簧刀还带着吗?"

"带着呢。"

"给我。"

两毛五从后兜里掏出他的心爱之物。那是一把十英寸长的弹簧刀,手柄是黑色大理石做的,刀刃可以瞬间弹出。这是两毛五在一家五金店里晃了两个小时,想尽办法转移店主的视线之后才搞到手的。他把刀磨得锋利无比。据我所知,他还没有用这把刀捅过一个人。需要亮家伙的时候,他通常都会拿出另一把普通的小折刀。这把刀是他的心肝宝贝,是拿来炫耀的资本,象征着他的骄傲和喜悦——每当结识新的混混,他就把这把刀亮出来显摆一番。大力当然知道这把刀在两毛五心中的分量,可如今既然他开了口,说明他十分迫切地需要一把刀。所以无须多言,两毛五毫不犹豫地把刀递给了大力。

"今天晚上我们必须得赢。"大力坚决地说,"我们得让那些少爷党付出代价,为约翰尼报仇。"

他把弹簧刀塞到枕头下,两只眼睛冷冰冰地瞪着天花板。我们很快就告辞了。我们了解大力,出现这种凶恶的眼神,加上他此刻的心绪,还是不要和他多说话为好。

我们决定坐公共汽车回家,因为我实在没心情走路或者搭便车。两毛五让我先坐在站牌前的长凳上等着,他去附近的加油站买烟。我肚子不舒服,头晕、无力,差点坐着睡着了。这时一只手伸向我的额头,吓了我一跳。两毛五关切地看着我说:"你没事吧?你额头很烫。"

"我没事。"我回答说。他不相信地审视着我,我慌了,急忙对他说:"别告诉达瑞好吗?拜托了,两毛五,别不够朋友嘛。我今晚之前就能好,回去我就吃点阿司匹林。"

"好吧。"两毛五勉强答应,"可如果你生着病还去打群架,达瑞非揍死我不可。"

"我没事,"我开始有点生气了,"只要你不说,达瑞又怎么会知道?"

"你知道吗?"在公共汽车上时,两毛五说,"你肯定以为你能躲过杀人罪名,从此和你大哥好好生活。但达瑞对你的要求可比你父母严格多了。"

"是，"我说，"不过我父母在我之前就养大了两个孩子，而达瑞没有这方面的经验。"

"你知不知道，达瑞原本是有机会成为少爷党那样的人的，唯一妨碍他的就是我们。"

"我知道。"我说。我早就知道。除了没钱，达瑞做不成少爷的唯一原因就是我们。我们这帮朋友，我和苏打。以达瑞的头脑做油头太可惜了。我也不知道我是怎么领悟到的，反正我就是知道，而且为此倍感愧疚。

路上大部分时间我都沉默不语，满脑子想的都是晚上的大决战。我肚子里翻江倒海似的，难受极了，而这并非因为生病。我又感觉到了达瑞吼我那天晚上，我哭着跑去空地过夜时的无助与绝望。除此之外，我还感到莫名的恐惧，仿佛预感到有什么事情会发生，而我们谁都无法阻止。下了公共汽车，我终于对两毛五说出了我的想法："今天晚上的事……我一点都不想参加。"

两毛五假装不明白："我可从没见过你打架会犯尿，小时候都没有。"

我知道他是存心想激怒我，但还是上了他的套。"两毛五，你应该知道我没有犯尿，"我气愤地说，"我跟苏打还有达瑞不都一样是柯蒂斯家的人吗？"

两毛五自然无法否认。所以我继续说了下去："我的意思是，我有一种不祥的预感，可能要出事。"

"肯定会出事的，我们要把那群少爷党打得屁滚尿流。"

两毛五很清楚我指的是什么，但他故意揣着明白装糊涂，好像只要他觉得什么事情不要紧，那么不管怎样就都没关系了。他一辈子都这样，我也不指望他以后能改变。如果换作苏打就一定会理解，我们还会一起合计出个所以然来。但两毛五不是苏打，而且差得老远。

我们走到空地时，樱桃·华伦斯正坐在她那辆科尔维特轿车里。她长长的头发绾了起来，她在白天看起来似乎更加美丽动人。她的车子可真漂亮，鲜红色，拉风极了。

"嗨，小马，"她招呼我们说，"嗨，两毛五。"

两毛五停住脚。显然，我和约翰尼逃亡去文德瑞克斯那段时间，她来过这里。

"哟，什么风又把你吹来了？"两毛五说。

樱桃紧了紧滑雪衫上的绳子："他们按你们的规矩来。不带武器，公平较量。"

"真的？"

她点点头："兰迪告诉我的，他的话应该错不了。"

两毛五转身便往家走："谢谢了，樱桃。"

"小马，你等一下。"樱桃叫住我。我又退回到她的车子旁边。"兰迪今晚不会参加。"她说。

"嗯，我知道。"

"他不是害怕。他只是厌倦了打来打去。鲍勃……"她吞了下口水，继续轻声说了下去，"鲍勃是他最好的朋友，从小学起就是。"

我想到了苏打和史蒂夫。如果他们中间的一个人也目睹另一个被杀，会作何感想？那会令他们放弃打斗吗？不，我想。苏打可能会迷途知返，但史蒂夫不会。他会继续恨下去，打下去。也许如果鲍勃和兰迪交换一下位置，鲍勃说不定也会这么干。

"约翰尼怎么样了？"

"不太好，"我说，"你会去看他吗？"

樱桃摇了摇头："不，我不能去。"

"为什么？"我质问道。她最起码可以去看看约翰尼，毕竟这一堆不幸是她男朋友一手造成的……但想了想我还是忍住了。她男朋友已经……

"我做不到。"她平静的声音中透着绝望，"他杀了鲍勃。嗯，也许是鲍勃咎由自取。我知道他是活该，可我现在还无法面对杀死他的人。你只知道他坏的一面，但他并非十恶不赦，

155

有时候他也很友善，只不过他一喝醉就……找约翰尼麻烦的是喝醉的鲍勃。你当初一说我就知道是鲍勃了，他特别珍视他那几个戒指。为什么有人要把酒卖给未成年人呢？为什么？我知道有法律规定，可年轻人总能钻到空子。我不能去看约翰尼。我知道我还太年轻，并不真正懂得爱，可鲍勃对我来说很特别。他和别的男生不一样，他身上有种特质会让周围的人情不自禁地追随他。这让他显得很是与众不同，可能比他那些朋友要好一点。你明白我的意思吗？"

我明白。樱桃在大力身上看到了同样的东西，所以她才总是躲着他，怕见他，甚至怕爱上他。我太明白她的意思了。但她也明确表示，不愿见约翰尼是因为约翰尼杀了鲍勃。"没关系。"我冷冷地说道。又不是约翰尼让鲍勃变成酒鬼的，而显然樱桃就喜欢那种爱惹是生非的男生，"我也不希望你去看他。你是你们同类的叛徒，对我们也不会忠诚。你以为替我们刺探一些消息就能弥补我们之间的不公吗？你看看你，坐在漂亮的车子里，而我的哥哥为了生计则不得不辍学出去打工。你用不着可怜我们，也不要对我们施舍同情，然后又摆出一副高高在上的姿态。"

说完我准备转身就走，但樱桃脸上有种东西让我停了下来。我觉得羞愧极了——我最见不得女孩子哭。虽然她现在还没哭，但也只差那么一点点。

"小马，我没有向你们施舍的意思。我只是想帮忙。从一开始我就喜欢你……你的谈吐证明你是个好孩子，小马。你知道好孩子在如今这个社会是多么稀缺吗？如果换成是你，你难道不会试着帮助我吗？"

我会。我会帮她，也会帮兰迪，如果我有那个能力的话。"嘿，"我忽然说，"你在西区看到的日落也很美吗？"

她眨了眨眼，仿佛很意外，但随后微笑着回答："很美。"

"在东区看到的也很美。"我轻声说。

"谢谢你，小马。"她含泪微笑着对我说，"你真好。"

她有一双绿色的眼眸。

我继续慢悠悠地往家走去。

第九章

　　我到家时已经差不多六点半。约定打群架的时间是七点，所以和平时一样，我又没工夫吃晚饭了。我老是忘记时间。达瑞已经做好了饭：烤鸡、土豆和玉米。烤鸡有两只，因为我们三个都很能吃，尤其是达瑞。可即便我超喜欢吃烤鸡，现在却一口都咽不下去。不过我趁达瑞和苏打不注意的时候吃了五片阿司匹林。这种事我常干，因为我夜里总是睡不好。达瑞以为我只吃了一片，可我通常吃四片。今天吃了五片应该能扛过这场群架吧，说不定还能治好我的头疼。

　　然后我急匆匆地去洗澡换衣服。每次打群架之前我们兄弟三个都会把自己收拾得干干净净。我们不想让那些少爷党低看一眼，觉得我们是肮脏的垃圾。我们要让他们看看，我们和他们一样讲究、体面。

"苏打,"我在浴室里叫道,"你多大开始刮胡子的?"

"从十五岁开始。"他在外面大声回答。

"那达瑞呢?"

"他十三岁就开始了。问这个干吗?打个架你还想先把胡子留起来吗?"

"你真会开玩笑。你该去《读者文摘》上班,听说写笑话他们也给不少钱呢。"

苏打笑了笑,和史蒂夫继续在客厅里玩牌。达瑞穿了件紧身黑T恤,把胸膛和腹部的每一块肌肉都展露出来。哪个少爷党要是想跟他过过招,那算是倒了血霉了。这么想着,我套上一件干净的T恤,穿上牛仔裤。我也想T恤紧身一点,在同龄人中间,我的身材算是比较出众的。不过在文德瑞克斯那几天我瘦了不少,T恤显得宽松了许多。夜里很冷,穿T恤可不保暖,但打群架的时候没有人会感冒,况且穿外套打架也不方便。

苏打、史蒂夫和我都往头上抹了不少发油,我们就是想突显我们油头的特点。今天晚上,我们都以油头为荣。或许我们油头没钱没势,但我们也是讲派头的,除了派头,我们还有引以为傲的长发。(这算什么世道?我唯一能够骄傲的东西就只有身为混混的派头和一头油腻的长头发？我不想当混混，可即便我不偷不抢，也不酗酒，人们还是会给我贴上混混的标签。我为什么要对此感到骄傲呢？我甚至为什么要假装对此感到骄傲呢？）达瑞就不留长发，他的头发也从来都干干净净的。

我坐在客厅的扶手椅中，等待其他兄弟前来会合。当然，今晚只剩下两毛五了。大力和约翰尼是不可能到场的。苏打和史蒂夫一边玩牌一边吵个不停。我早就习以为常。苏打爱耍嘴皮子，妙语连珠地逗人笑。史蒂夫把收音机开得震天响，几乎把我耳朵震聋。其实大家都习惯这么听广播，只不过今天我头疼，例外。

"你喜欢打架，对不对，苏打？"我忽然问。

"还行，"他耸耸肩，"算是喜欢吧。"

"为什么呢？"

"我也不知道，"他不解地看着我，"打架也是一种运动，一种竞争。就像赛车和跳舞一样……"

"太对了，"史蒂夫说，"我也喜欢打架。我现在就想把那些少爷党揍得满地找牙。既然打就痛痛快快地打。"

"你怎么也会喜欢打架呢，达瑞？"我扭头看着身后靠厨房门站着的大哥。他故作神秘地瞥了我一眼。但苏打在一旁说："他喜欢秀他的肌肉。"

"老弟，你再多嘴，我现在就秀给你看看。"

我品了品苏打的话，好像确实是那么回事。虽然达瑞很看重自己的脑袋瓜子，但他也喜欢力量型的运动，比如举重、踢足球、修房顶。尽管嘴上不说，但我知道他喜欢打架。我忽然感觉自己格格不入。我也随时随地都能和人打架，但我并不喜欢那么做。

"小马，我不确定该不该让你参加这次决斗。"达瑞缓缓说道。

天哪，千万不要。我满心恐惧地想，我必须参加。眼下最最要紧的事情就是帮助我们油头党打赢少爷党，他可千万不要把我留在家里。我必须参加。

"为什么？我以前不也参加过吗？"

"是，"达瑞骄傲地笑笑说，"就你那身板儿，打得算不错了。可你之前身体好啊，现在你瘦了，气色也不好。你有点太紧张了。"

"这有什么奇怪的？"苏打说着，一边拿眼睛瞄史蒂夫，一边想从鞋子里偷偷摸出一张 A，"打群架之前我们都会紧张。让他去吧。反正都不带家伙儿，赤手空拳的没啥危险。"

"我不会有事的，"我央求说，"我会专挑小个子对付，行吗？"

"但这次可没有约翰尼给你当帮手……"我和约翰尼有时候会联手对付一个大个子,"科利·谢泼德也不去,还有大力,我们倒是需要人手。"

"谢泼德怎么了？"我问。科利是蒂姆·谢泼德的弟弟,活脱脱一个缩小版的蒂姆,也是个不好对付的狠角色。有一次我和他比谁更有种,两人各用烟头烫对方的手指。然后我们就站在那里,拼命咬牙忍着,都疼得满头大汗,皮肉烧烂的臭味儿熏得我们想吐,可我们谁都没叫一声。后来他哥哥蒂姆正好经过,见我们手上已经烫出大坑,气得揪着我们俩的脑袋就往一起撞,还说要是再看见我们玩这种愚蠢的游戏就揍死我们。我的食指上现在还留着那个伤疤呢。科利就是个普通的街头混混,彪悍,脑瓜不太灵光,但我挺喜欢他的。他为人很仗义。

"他栽了。"史蒂夫边说边把苏打藏在鞋子里的那张 A 给踢了出来,"进感化院了。"

又进去了？我心里想着,随即说道:"让我参加吧,达瑞。没关系的,又不带家伙,空手打架没几个人会受伤。"

"呃,"达瑞终于让步,"那好吧,但要小心一点,如果你被人制住了就大叫,我会去救你。"

"没事的。"我不耐烦地说,"你怎么从来都不操心苏打呢？我可没见你在他耳朵边唠叨个没完。"

"嘿，"达瑞笑着揽住苏打的肩膀，"这个弟弟用不着我操心。"

苏打温柔地在他肋下打了一拳。

"这小子会用脑袋。"达瑞说。

苏打故意摆出不可一世的样子睨视着我，但达瑞继续说了下去："你看，他起码能用脑袋长出一头好头发。"他躲过苏打挥来的拳头跑向门口。

在达瑞几乎要冲出门的时候，两毛五突然一露头，达瑞只好纵身一跃从台阶上跳过去，而后在半空中翻了个筋斗落在地上，不过在苏打追出来之前他便立刻爬起来了。

"有两下子嘛！"两毛五扬起一边眉毛，兴冲冲地喊道，"看来兄弟们状态不错啊。大家开不开心？"

"开心！"苏打叫着，也一个空翻跃下台阶。而后他倒竖蜻蜓，用两只手走路，又侧身在院子里翻了几个筋斗，硬生生把达瑞的身手给比了下去。在他的带动下，大伙儿都兴奋起来。史蒂夫发出印第安人般的呼啸，冲过草坪，而后忽然停住，开始向后翻起筋斗。我们个个都能来这么几下杂耍，因为达瑞专门学过，而他又花了一个夏天把他学到的东西全部教给了我们，说有些招式以后打架的时候可能用得上。这倒是真的，不过两毛五和苏打也曾因此进过局子。他们在闹市区的人行道上翻筋斗和倒立行走，影响了公共秩序，最后把警察给招来了。唉，我们中间也只有他们两个会干出那种事。

我也大叫一声，侧身一个筋斗翻下门廊台阶，而后转了个圈站定。两毛五跟着我做了个同样的动作。

"我是油头小子，"苏打怪腔怪调地说，"不良少年，街头混混。给城市抹黑，给人们捣乱。我打架又斗殴，还抢便利店。我是社会败类，却逍遥又自在。"

"油头小子啊，油头小子……"史蒂夫抑扬顿挫地说，"我们是环境的受害者，我们没有社会地位，我们是一群无权无势的小混混。"

"不良少年，你们没一个好东西！"达瑞也跟着吼起来。

"滚吧，白人垃圾！"两毛五故意用飞扬跋扈的口气说道，"老子是阔少爷，出生时嘴里含着金汤匙呢。我们是特权阶层，出门有好衣好车。我们最爱啤酒狂欢，喝醉了酒就去砸人家窗户。"

"那你们有什么娱乐呢？"我用一种严肃的、令人敬畏的语气问。

"我们的娱乐就是欺负油头小子！"两毛五大叫一声，来了个侧手翻。

在走向空地的途中，我们渐渐平静下来。两毛五是唯一穿着夹克的，他怀里藏了几罐啤酒。打群架之前他总是那么兴奋。仔细想想，好像他干什么之前都会兴奋。我晃晃脑袋。我可不想沦落到靠酒精壮胆的地步。我喝过一次啤酒，那玩意儿难喝死了，害得我头晕又恶心，而且后来被达瑞发现，惨遭禁足两周。不过那是我唯一一次喝酒。我在约翰尼的家里已经见识过酗酒能把一个人变成什么样。

"嘿，两毛五，"我忽然决定完成我的问卷调查，"你为什么喜欢打架呢？"

他像看傻子一样看着我："这话问的，谁会不喜欢打架啊？"

如果每个人都往阿肯色河里跳，那两毛五肯定也会去排队。现在我明白了。苏打是因为好玩才打架；史蒂夫是因为仇恨而打架；达瑞嘛，打架能满足他的虚荣心；而对于两毛五来说，打架只不过是随大溜而已。那我为什么打架呢？我想破头也没想到一个站得住脚的理由。好像除了自卫，我没有任何理由打架。

"苏打，你给我听着，你和小马，"大步走在街上时，达瑞说，"如果条子来了，你们俩就赶快闪人。我们被抓住顶多蹲几天号子，可你们俩会被送进孤儿院。"

"不会有人报警的，"史蒂夫阴郁地说，"他们知道后果。"

"不管怎样，苗头不对你们俩就赶快撤。听见没有？"

"你比扩音器都响，能听不见吗？"苏打冲达瑞的后脑勺吐了吐舌头，我差点笑出声。什么是有趣的画面，一个模样挺酷的混混冲他的大哥吐舌头就是。

来到空地，蒂姆帮已经在那里等候。前来助阵的还有来自城郊布罗姆利的一帮兄弟。蒂姆今年十八岁，身材精瘦，矫健似猫，一看就像电影或杂志里的那种少年犯。他头发乌黑，打着卷儿，眼神阴郁，从太阳穴到脸颊有一道长长的疤，那是被一个流浪汉用烂汽水瓶划的。他长得凶神恶煞，鼻子断过两次。和大力一样，他的微笑能让人起鸡皮疙瘩。他是那种立志以混混为终身事业的人。他手下那帮人差不多也是一路货色，还有布罗姆利的那帮家伙。现在的小混混，将来会变成老混混。以前我从没想过这个问题，他们随着年龄的增长并没有变好，混劲儿似乎更足了。我看着达瑞。他不属于这一类，将来他必然会有所成就。当下的生活只会激励他，使他下定决心出人头地，所以在这一点上他已经赢了我们所有人。我会有出息的。我也要像他一样，不会任我的生命在这样一个毫无希望的街区蹉跎一辈子。

蒂姆和布罗姆利那帮人的首领走上前来。蒂姆总能让我

联想到野猫 —— 时刻蠢蠢欲动。他那帮小弟年龄介于十五到十九岁，个个凶神恶煞，如狼似虎，却都对蒂姆唯命是从。这就是蒂姆帮和我们的区别。他们有老大，有组织，而我们只是一群对脾气的好兄弟，谁也不是谁的老大，或许这才是我们胜他们一头的原因吧。

蒂姆和布罗姆利帮的首领走过来和我们每个人握了手，以此证明我们在今晚的斗殴中是站在他们这一边的，尽管这两个帮派中的大多数人我都不会把他们当朋友看。蒂姆走到我面前时，上下打量了我一番，或许想起了我和他弟弟拿烟头互烫的事儿。"那个少爷党就是你和那个黑头发的小子杀的？"

"嗯。"我回答，并假装很自豪的样子。但我立刻想起了樱桃和兰迪，心里不由得一阵难过。

"干得不错，小子。科利一直说你很有种。他还得在感化院再待半年呢。"蒂姆略带感伤地笑了笑，大概在想他那个粗野莽撞的弟弟，"他在一家卖酒的商店偷东西时被抓到了，那小王八……"随后他骂了科利一连串不堪入耳的词汇，不过按照蒂姆的逻辑，打是亲，骂是爱。

我瞅了瞅所有在场的人，心里挺自豪。我是这里年龄最小的，就算科利在场也比我大，他马上就十五岁了。我估计达瑞也意识到了这一点，有一丝骄傲，但更多的还是担心。瞅着吧，我心里说，这次我会好好表现，让他从今往后再用不着为我操心。我要让他知道，不只有苏打会用自己的脑袋。

布罗姆利的一个家伙挥手示意我过去。我是有点不太情愿的，因为每次打群架我们兄弟几个都是共同进退，互为防守。但我还是无所谓地耸耸肩。结果他只是问我借了支烟。点上火后，他问："跟你们一起来的那个大个子，你和他熟吗？"

"应该熟吧，他是我哥。"我很想简单回答一个"熟"，可我和达瑞的关系又不是简单一个字能概括的。

"不会吧？我猜他应该是第一个'点炮'的。他打架厉不厉害？"

他说的是动手开打。布罗姆利这帮家伙说话古怪得很。我怀疑他们中间能看报纸或能拼对自己名字的人连一半都不到，听他们说话就知道是什么水平了。能把斗殴说成"斗区"的，大抵没上过几天学。

"还行吧，"我说，"你为什么说他会是第一个？"

他耸耸肩："除了他还能是谁呢？"

我瞅了一圈空地上的人，油头里面身材像样的没几个。他们大部分都瘦巴巴的，像豹子一样懒懒散散。要问为什么，一方面可能是因为他们大多时候吃不饱肚子，另一方面则是因为他们确实懒散惯了，一个个站没站相。单从外表来看，这里似乎没有一个人是达瑞的对手。我觉得不让带家伙这条规矩搞得他们大多数人都很紧张。我对布罗姆利那帮人不太了解，但蒂姆帮打架向来是不会空手的——自行车链条、刀、汽水瓶、钢管、台球杆，有时候甚至还带"喷子"。我是说枪。其实我的词汇量也不怎么样，虽然我上过学。我们兄弟打架很少动枪，因为我们还没嚣张到那个地步。我们唯一可能携带的家伙就是刀，但大多时候带刀也只是装装样子，比如两毛五的黑把儿弹簧刀。打架归打架，但我们从没真正伤害过什么人，或存心要伤害人。当然，约翰尼是个例外。他也是无心的。

"嘿，柯蒂斯！"蒂姆忽然喊了一嗓子，吓我一跳。

"你叫哪个？"我听见苏打喊了回去。

"我叫老大，过来过来。"

那个布罗姆利的家伙看看我说："你看，我刚才怎么说来着？"

我看着达瑞走向蒂姆和布罗姆利帮的首领，脑海中忽然闪过一个念头：他不该来这里。我、史蒂夫、苏打和两毛五都不该来。我们是油头不假，可我们不是流氓恶棍。我们不该和这些未来的罪犯混在一起，否则我们迟早会变得和他们一样。如此想着，我越发头疼起来。

我回到苏打、史蒂夫和两毛五身边，因为少爷党也到了。

非常准时。他们开了四辆车，一众人安安静静地从车里下来。我数了数，一共二十二人。而我们是二十人，差不多算势均力敌吧。反正达瑞一个能对付两个。这些少爷党就像一个模子刻出来的：头发剪得整整齐齐，一水儿的仿披头士发型；身穿条纹或格子衬衫，外罩淡红或褐色夹克，或马德拉斯棉布滑雪衫。他们哪像是来打群架的呀，分明像约着去看电影的。也正因为这样，人们动辄怪罪我们，却从来没想过要指责他们。没有对比就没有伤害，你看我们个个流里流气，而他们个个人五人六的。事实却可能正好相反——我周围的许多人在油头的外表之下其实有颗热情善良的心，而据我所知，许多少爷党卑鄙、冷血、令人讨厌。可是没办法，人们就是喜欢以貌取人。

他们不声不响地排成一列，与我们面对面。我们也自发站成一排。我在对面寻找兰迪的影子，没有找到。我希望他没来。一个身穿马德拉斯棉布衬衣的家伙走到前头："咱们先把规矩说清楚——只用拳脚，不用家伙，哪边先逃哪边就输，是这样吗？"

蒂姆扔掉手里的啤酒罐："你理解得很到位。"

随后是一阵令人难堪的沉默：谁先开打呢？最后是达瑞解决了这个问题。在路灯光辉的笼罩下，达瑞阔步走上前去。这一刻，感觉周围的世界特别不真实，就像少年犯罪电影里的场景。接着达瑞说道："随便谁跟我打都行。"

达瑞虎背熊腰、高大威猛，眼睛里放射着寒光，往那儿一站霸气十足，一时间竟镇住了全场，谁也没胆出来接受挑战。须臾，少爷党中间出现一阵小小的骚动，一个身材魁梧健壮的金发年轻人走了出来。他看着达瑞，低声说道："你好啊，达雷尔。"

达瑞的目光微微一闪，但随即又恢复冰冷的神色："你好，保罗。"

我听见苏打似乎尖叫了一声，立刻意识到这个金发的年轻人想必就是保罗·霍顿。中学时，他和达瑞在同一个足球队。他是最出色的中卫，和达瑞还是好哥们儿。我想现在他应该是个大学生了吧。他盯着达瑞，表情让我捉摸不透，但可以肯定我并不喜欢。是轻蔑、怜悯、憎恨，还是都有？为什么会这样？是因为达瑞站在那里代表了我们全部，而保罗的轻蔑、怜悯和憎恨只是针对油头？达瑞面无表情，一动不动，但你能看出，现在他对保罗也恨起来了。这不仅仅是因为嫉妒——达瑞有权嫉妒。他更多的是羞愧，羞愧自己站在油头这边，羞愧自己与布罗姆利帮、蒂姆帮这些人为伍，甚至连我们也可能让他感到羞愧。没有人意识到这一点，除了我和苏打。因为除了我和苏打，也没有人在乎这一点。

真是愚蠢。这个念头一闪而过。他们都跑到这里打架来了，而他们本可以干些更有价值的事情。虽然阵营不同，可又有什么区别呢？

随后保罗说："我跟你打。"达瑞脸上似笑非笑。我知道达瑞一定认为保罗不是他的对手。可他们都两三年没有打过交道了，谁知道保罗现在是什么水平呢？我咽了下口水。我的两个哥哥打架从来没输过，我可不希望有人能破这个纪录。

他们在灯光下按逆时针方向转着圈子，两人的眼睛都死死锁定对方，观察着，盘算着，可能在回想对手曾经的漏洞，不知现在是否还存在。其他人默默观望，气氛越来越紧张。我忽然想起杰克·伦敦的小说——两匹狼决斗时，其他狼会围在四周，等着其中一匹倒下。不过，我们不会只当观众，他们两人不管谁先挥出第一拳，都将宣告决战开始。

寂静越发沉重，我甚至能听到旁边其他人粗重的呼吸声。达瑞和保罗还在缓缓绕圈对峙。就连我都能感受到他们彼此之间的敌意了。天哪，他们曾经是队友，是哥们儿啊。而如今，他们一个要打工挣钱讨生活，而另一个却来自西区。他们不该憎恨彼此……我已经不再恨少爷党，他们也不该恨……

"等等！"一个熟悉的声音喊道，"等一下！"达瑞扭头察看，结果保罗趁机冲他下巴上就是狠狠的一拳，若是换成别人，这一拳恐怕就让他倒地不起了，但达瑞不会。于是两边正式开打。达拉斯·温斯顿冲进来加入了我们。

我找不到和我体形相当的对手，只好找个差不多的。大力就在我旁边，已经摁倒一个。

"你不是在医院吗？"一个少爷党把我推倒在地，我顺势一滚躲开他的脚，大声问道。

"是啊，"大力打得很吃力，因为他的左胳膊还没康复，"但我跑出来了。"

"怎么跑出来的？"我的对手已经跳到我身上，我们抱打在一起滚向大力。

"我用两毛五的弹簧刀说服了护士。打群架没我还叫什么打群架？"

我无法回答，因为我低估了和我对打的这个少爷党。他仗着比我重，把我压在身下一顿胖揍，直揍得我头晕眼花。我担心他会打掉我的牙齿或打断我的鼻梁，而我毫无招架之力。不过幸亏达瑞一直留心着我，见我吃亏，他冲过来抓住那人的肩膀提起来，而后一拳把他打出三尺开外。经过一番审时度势后，我觉得去帮大力才比较公平，毕竟他只能用一只手。

他们两人已经缠斗在一起，但大力明显落下风。于是我摸到他的对手身后，抓住那人的头发，一边往后拉，一边噼里啪啦用拳头招呼。那人反手便掐住我的脖子，把我举过头顶摔在地上。正和两个少爷党打得不可开交的蒂姆·谢泼德不小心踩到我身上，疼得我差点背过气去。终于喘上气后，我立马爬起来，从背后勒住那个少爷党的脖子。在他试图挣脱我时，大力猛撞过来，结果我们三个互相压着倒在地上，一边喘气儿一边骂，还一边挥舞着拳头你来我往。

我肋下被人踢了一脚，不由得疼得大叫。某个少爷党打翻了一个我们的人，跑到我这儿来死命乱踢，可我勒着另一个少爷党的脖子不肯撒手。大力正在揍我怀里这个家伙，无暇替我解围，因此我只能咬牙忍着。说实话，那人踢得真疼。最后，那人一脚狠狠踢在我的头上，踢得我眼冒金星。我瘫倒在地，努力驱散眼前的黑暗——我可不能昏过去啊。周围乱成一团，耳朵里嗡嗡作响。后背和脸上许多地方都在疼，可奇怪的是这些疼痛渐渐离我远去，仿佛我不再是我了。

"他们跑了！"有人兴奋地大叫，"瞧这些王……他们跑了。"

听声音像是两毛五，但我无法确定。我强撑着坐起来，看到那些少爷党正惊慌失措地钻进车子离开空地。蒂姆·谢泼德骂得口水四溅，因为他鼻子又被人打歪了。而布罗姆利的老大正在修理自己的一个手下，因为那小子不守规矩，打架时用了钢管。史蒂夫在离我大约十步远的地方，弯着腰，捂着肚子呻吟。后来我们发现他被打断了三根肋骨。苏打在他旁边低声安慰。看见两毛五时我吓了一跳——他脸颊一侧淌着血，手上还有道吓人的口子。他却高兴地龇着牙笑，因为少爷党落荒而逃了。

"我们赢了。"达瑞疲惫地宣告，他的眼睛恐怕要肿几天，前额上也有道伤口，"我们把少爷党打跑了。"

大力在我身旁默默站了片刻，仿佛在琢磨我们是不是真的打败了少爷党。随后，他抓住我的衬衣把我拉起来。"走，"他半拖着我走上大街，"咱们快去看看约翰尼。"

我也想跑起来，可控制不住脚步踉跄。大力不耐烦地推着我："快点，我跑出来时他情况很不好。他想见你。"

我搞不懂大力怎么还能跑这么快、这么猛，我们刚刚打完架啊，他还拖着一条受伤的胳膊，但我只能拼命跟上。我从来没有像那晚一样奔跑过。我头昏脑涨，只依稀记得自己要去哪里，去干什么。

大力把巴克·梅里尔的那辆雷鸟汽车停在了我家门前。我们跳上车，屁股刚坐稳，大力一脚油门，车子已经像离弦的箭一样冲了出去。驶入第十大街，后面响起了警笛声，我从风挡玻璃上也能看到闪动的红光。

"快装病，"大力命令道，"我就说要送你去医院，反正咱们本来就是要去医院。"

我靠在冰凉的窗玻璃上，努力装出难受的样子。这不难，我确实难受得要死。

警察板着脸问："好了，老兄，说说怎么回事吧？"

"这孩子，"大力用拇指朝我指了指，"骑摩托翻车了，我正要把他送到医院去。"

我立刻呻吟一阵，而这不全是装的。我估计自己鼻青脸肿的样子还是比较容易令人信服的。

那警察顿时换了口气："伤得很重吗？要不要我给你们开道？"

"我不是医生，重不重我也不知道啊。嗯，如果能开道就更好了。"警察走回自己的警车时，我听见大力低声骂了句"笨蛋！"

有警车在前面开道，我们以最短的时间赶到了医院。大力说了一路的话，可我脑袋晕乎乎的，大部分都没听明白。

"小子，我真是疯了。你知道吗？我一直不想让约翰尼惹麻烦，不想让他变得强悍。如果他像我一样可能就不会摊上这种事了。如果他像我一样机灵，就不会冲进那个教堂。救人的下场就是如此，上上报纸，一堆麻烦……小马，你最好机灵点，只有像我一样心肠硬起来你才不会受伤害。只要你处处想着自己，那就谁都奈何不了你了……"

他还唠唠叨叨说了许多，但我根本没听进去。我傻傻地怀疑大力有些魔怔，因为他说话的神态，还因为他从来没有说过这么多话。但现在想想，如果当时不是我头昏脑涨，或许我能明白他的意思。

到了医院，看见大力装模作样地扶我下车，那警察便放心地走了。警察刚走大力就松开了手，我差点摔倒。他连番催促说："快点快点。"

我们跑着穿过大厅，挤过人群，冲进电梯。有人朝我们嚷嚷，可能因为我们惊扰了他们。只是大力满脑子都想着约翰尼，根本没工夫搭理他们。而我晕头转向，只知道要跟着大力。终于赶到约翰尼的病房，医生拦住了我们："很抱歉，小伙子们，但他已经快不行了。"

"我们得见他。"大力说着掏出了两毛五的弹簧刀。他声音颤抖，激动得仿佛要失控，"我们要见他，你再敢拦着我可就对你不客气了。"

医生连眼睛都没眨一下："你们可以见他，但我同意只是因为你们是他的朋友，而不是因为这把刀。"

大力略微惊讶地看了他一眼，把刀装回兜里。我们走进约翰尼的病房，各自默默站了一会儿，调整呼吸。病房里安静得可怕。我看着约翰尼，他一动不动。我一度痛苦地以为他已经死了，我们来晚了。

大力吞了下口水，擦擦嘴唇上的汗。"尼仔？"他声音嘶哑地叫道，"约翰尼？"

约翰尼的身体不易察觉地动了动，而后缓缓睁开眼。"嘿。"他吃力地打了声招呼。

"我们赢了。"大力激动地说，"我们打败少爷党了，大获全胜，把他们从我们的地盘赶出去了。"

约翰尼看不出高兴的样子。"没用的……打架不好……"他脸色白得吓人。

大力紧张地舔了舔嘴唇。"报纸上还在说你的事，他们说你是个英雄。"他说话又快又稳，"嗯，现在你是他们眼中的英雄了，所有的油头都跟着沾光。我们为你感到骄傲，伙计。"

约翰尼眼睛明亮起来。大力为他感到骄傲，这可能就是约翰尼梦寐以求的褒奖。

"小马。"

我几乎没听见他的声音。我走近一些，弯下腰仔细听他想说什么。

"保持金色，小马，保持金色……"随后枕头往下陷去，约翰尼死了。

你可能在书上看到过，说人死了就像安安静静地睡着一样，但实际上并非如此。约翰尼一看就是死了，仿佛一支熄灭的蜡烛。我想对他说点什么，却一个字也说不出来。

大力喉头动了几次，走上前来把约翰尼的头发向后理顺："他的头发从来就不听话……这就是你救人的结果，你这个小笨蛋，这就是结果……"

他突然转身重重地撞在墙上。他的脸痛苦地扭曲着，汗水滚滚而下。

"求求你，约翰尼……"他捶打着墙壁，仿佛在哀求上天，"求求你了，约翰尼，别死，别死……"

随后，他头也不回地跑了出去。

第十章

我沿着走廊茫然地走出医院。大力已经把车开走，我只好晕晕乎乎地步行回家。约翰尼死了，可他又没死。躺在医院里一动不动的那个人并不是约翰尼。他去了别的地方——也许在空地上睡着了，或在保龄球馆里打弹球，又或者他去了文德瑞克斯，坐在那间教堂的后门台阶上发呆。等我回家路过空地时，说不定就会看到约翰尼正坐在马路边抽烟。我们又可以一起躺在地上看星星。他没死，我一遍一遍告诉自己：他没死。这一次我的祈祷奏效了。我说服了自己相信约翰尼还活着。

我一定在路上晃悠了好几个小时，有时候我甚至鬼使神差地走到街上，被人猛按喇叭，破口大骂。如果不是有位好心人问我要不要搭便车，我可能会在街上流浪一整晚。

"啊？哦，好吧。"我说着爬上车。那人二十多岁，一脸关切地看着我。

"你没事吧，小家伙？看样子你和人打架了吗？"

"对，打群架。我没事。"约翰尼没死，我对自己说，我相信自己。

"我不想说的，小家伙，"那人干巴巴地说，"可你的血都流到我的座椅上了。"

我眨眨眼睛："有吗？"

"你的头。"

我抬手摸了摸脑袋上刚才一直痒的地方，再看看手，好像是有血。

"天哪，真对不起，大哥。"我歉疚地说道。

"没关系，反正也是破车。你家住哪儿？这个时间，我可不能把你这样一个受伤的小孩子丢在街上。"

我告诉他地址，他把车一直开到我家门口。下了车，我回头对他说："太谢谢你了。"

他摆摆手："没什么，我这人喜欢做好事。"说完他一脚油门开走了。

伙伴们都在我家客厅里。史蒂夫躺在沙发上，衬衣扣子解开着，一侧腰间缠着绷带。他闭着眼，不过我关门时他又睁开了。我忽然怀疑我的眼睛是不是也和他的一样狂热而困惑。苏打嘴唇上裂开一道口子，脸也肿了一块。达瑞的额头上贴了张创可贴，一只眼睛乌青乌青的。两毛五一侧脸颊裹着纱布，稍后我才得知他脸上缝了四针，手上缝了七针，因为他用拳头去打一个少爷党的脑袋，结果把关节给捶裂了。几个人东倒西歪，看报纸，抽烟。

派对呢？我木然地想。苏打和史蒂夫不是说打完群架要办个派对的吗？我进来时他们都抬头看了一眼。达瑞跳了起来。

"你去哪儿了？"

哦，不要问了，我想着。他突然停住。

"你怎么了，小马？"

我望着他们，有点害怕。"约翰尼……死了。"我的声音即便在我自己听来也十分奇怪。可他没死。一个声音在我头脑中说道。"我们把打败少爷党的消息告诉他了……可是……他死了。"我记得他说过让我保持金色。什么意思呢？

屋里突然安静得让人难受。我估计大家谁都没有料到约翰尼的情况会如此之糟。苏打发出一声怪腔，感觉像要哭的样子。两毛五闭着眼，咬着牙，我一下子想到了大力，捶墙的大力……

"大力跑了，"我说，"他像被鬼追着一样。他一定会崩溃的，他接受不了这件事。"

我又如何接受得了呢？大力比我可强悍多了，为什么我能接受而大力不能？随后我知道了，约翰尼是大力唯一付出过感情的人，而如今约翰尼不在了。

"看来他还是撑不住了。"两毛五一语道出了所有人的感受，"就连大力也有他的临界点。"

我开始颤抖，达瑞小声对苏打说了句什么。

"小马。"苏打的声音特别轻柔，仿佛在对一个受伤的小动物说话，"你脸色不好，快坐下。"

我像只受惊的小动物一样向后退去，并摇了摇头。"我没事。"我难受极了，感觉随时都有可能一头栽在地上，但我还是摇了摇头，"我不想坐。"

达瑞走近我，我又后退一步。"别碰我。"我说。我的心跳得很慢，太阳穴上一阵阵抽动，我怀疑其他人甚至听得到我的心跳声。也许正因为如此他们才全都注视着我，他们听得见我的心跳……

电话响了，愣了愣，达瑞才转身去接。他只"喂"了一声，剩下全是聆听，随后迅速挂上电话。

"是大力，他从公用电话亭里打的。他刚刚抢了一个杂货店，现在警察正在搜捕他。我们得把他藏起来。他马上就来空地那里。"

我们二话不说便往外冲，就连史蒂夫也跟了上来。只是我莫名其妙地想，为什么这一次下台阶时没有人做侧空翻了？视野开始晃动，眼前出现了重影，我发现连正常走路都变得困难起来……

我们和大力几乎同时从两个方向赶到了空地。他从对面飞也似的奔向我们。警笛的呼啸声由远及近，这时一辆警车在空地旁边的街上停下，车里迅速钻出几个警察。大力已经跑进路灯的灯光里。他忽然停住，转过身，从腰间掏出一个黑色的东西。我依稀记得他的话：我经常把枪带在身上，但不装子弹，用来吓唬人挺好。

这话是大力昨天才对我和约翰尼说的，可是感觉却像很多年前，甚至是上辈子的事。

大力举起了枪。我心里大叫：你这个傻瓜！他们可不知道你没装子弹。当警察的枪声打破黑夜的宁静，我知道，这一切都是大力想要的。在子弹的撞击下，他的身体猛然转了半周，而后才缓缓倒下，他脸上却露出得偿所愿般的欢欣。他在身体完全倒地之前就已经死了。枪声依旧在空地上空回荡，虽然我默默祈祷上天，别带走大力，别把他和约翰尼都带走……可那时我已经清楚地知道，这正是大力想要的结果。他一心求死，而凡是大力想办到的事，没有他办不成的。

不会有人写文章赞美大力。一夜之间我失去了两个朋友，他们一个是英雄，另一个是混混。但我记着大力把约翰尼从着火的教堂中拖出来的事；记着他给我们一把枪用来防身，虽然那极有可能会给他招来牢狱之灾；我还记着大力拼命维护我们，竭尽全力不让约翰尼惹上麻烦。而现在他只是一个死了的不良少年，没有人会替他说好话。大力的死和英雄沾不上半点关系。年轻，暴力，绝望，这些将是他死亡事件的标签。我们早就知道有朝一日他会落得如此下场，正如我们早就知道蒂姆·谢泼德、科利·谢泼德、布罗姆利那帮家伙和其他混混有朝一日也将死于非命一样。但约翰尼有句话说对了：大力死得很勇敢。

史蒂夫先是发出一声呜咽，随后跟跄着便要往前冲，但苏打一把拉住了他的肩膀。

"别这样，兄弟，冷静点。"我听见他低声说道，"我们已经无能为力了。"

无能为力……大力、约翰尼、蒂姆·谢泼德，我们所有人……无能为力。我的胃突然剧烈抽搐，瞬间变成冰冷的一团。世界在我周围旋转，许多面孔，许多往事，在红色迷雾笼罩的空地上舞动,它们幻化成五颜六色的一片。我的身体开始摇晃。有人大叫:"老天,这小子怎么啦?"

大地突然扑向我。

醒来时,眼前一片光亮,四周静悄悄的。不,是静得可怕。我们家什么时候这么安静过?收音机和电视通常都是开得震天响,伙伴们在屋里打闹不休,不是撞翻台灯就是绊倒在咖啡桌上,要么就是互相嚷嚷。太反常了。不对劲,可我一时半会儿又搞不懂哪里不对劲。肯定出事了……出了什么事?我全然不记得。我一脸迷糊地冲苏打眨了眨眼睛,他就坐在床边看着我。

"苏打……"我的声音虚弱嘶哑,"有人生病了吗?"

"对。"他的声音出奇地温柔,"再睡会儿吧。"

我慢慢明白过来:"是我病了吗?"

他抚摩着我的头发:"是啊,你病了。别说话了。"

我还有一个问题,尽管头脑昏沉。"我生病达瑞难过吗?"我有种奇怪的感觉,我生病达瑞应该是很伤心的。不知为何,眼前的世界变得分外朦胧和缥缈。

苏打诧异地看了我一眼,沉默了片刻,接着说道:"嗯,他很难过。行了,别说话了,再睡一会儿吧。"

我重新合上眼睛。我累极了。

再度醒来，已是白天。因为盖了几层毯子，我热得难受，而且又饥又渴。可我肚子里翻腾得厉害，估计什么都吃不下。达瑞把扶手椅拉到了卧室，靠在里面睡着了。按道理他该去上班的呀，我心里想，怎么还在家睡大觉？

"嘿，达瑞，"我晃了晃他的膝盖，轻声叫道，"嘿，达瑞，醒醒。"

他睁开眼："小马，你好些了没？"

"嗯，"我说，"好多了。"

肯定出了什么事，尽管我比前一次醒来时要清醒许多，却依然毫无头绪。

他如释重负地松了口气，向后拨了拨我的头发，说："天哪，你都快把大伙儿吓死了。"

"我怎么了？"

他摇摇头："我说过你的状态不适合打群架。你太累了，受过惊吓，还有轻微脑震荡。两毛五跑过来一把鼻涕一把泪地交代说，你在打群架之前就开始发烧了，还说那全都怪他。你都不知道那天他有多伤心。"达瑞说完顿了片刻，然后接着又说，"我们都很伤心。"

这时我想起来了，大力和约翰尼死了。别想他们，我警告自己（别再想约翰尼是你的好哥们儿，别再想他不想死，别再想大力在医院崩溃的样子，也别再想他在路灯下死去的样子。试着想想约翰尼去了更好的地方，试着想想大力迟早会落得如此下场。最好还是什么都不要想。清空大脑。什么都不想。什么都不想）。

　　"我怎么会有脑震荡呢？"我问，我头上很痒，可因为有绷带隔着，我挠不到，"我睡多久了？"

　　"脑震荡是因为你的头被人踢了几脚，苏打看见了。他把那个少爷党狠狠揍了一顿。我从没见他那么生气过。他当时那个样子，我估计谁都不是他的对手。今天是星期二，从星期六晚上你就神志不清，一直睡到现在。你不记得了吗？"

　　"不记得了。"我缓缓说道，"达瑞，我在学校落下的功课恐怕再也追不上了，而且我要上法庭，还要就鲍勃被害的事接受警察问询。现在……大力他……"我深吸了口气，"达瑞，你觉得他们会把我们分开吗？会把我送进孤儿院或别的什么地方吗？"

　　他沉默片刻："我也不知道，老弟，我不知道。"

　　我盯着天花板出神，心里想着，假如盯着不同的天花板会是什么感觉？假如待在不同的房间，躺在不同的床上？我嗓子里仿佛堵了什么东西，连吞口水都困难异常。

"你连去医院都不记得了吗？"达瑞问，显然他在转移话题。

我摇摇头："不记得。"

"你不停地叫我和苏打，有时候还叫爸爸和妈妈。但大多时候叫的都是苏打。"

他语气中微妙的变化使我不由得看了他一眼。大多时候叫的都是苏打。我有没有叫过达瑞？或者他只是那么一说而已？

"达瑞……"我也不知道自己想说什么。但我有种不好的预感，神志不清时我有可能从未叫过达瑞的名字，或许我唯一希望陪在我身边的人只有苏打。我在昏睡之时都说过什么？我不记得，也不想记得。

"约翰尼把他那本《飘》留给你了。他告诉护士了。"

我看着放在桌上的书。我不想把它读完，每一次读到英勇的南方绅士们奔向死亡我就不忍心再进行下去。身穿蓝色牛仔裤和T恤、有着一双黑色大眼睛的南方绅士，倒在路灯下的南方绅士。不要再回想。不要试图判定谁死得更英勇。不要念念不忘。

"苏打呢？"我问。这时我真想踢自己一脚。白痴，你和达瑞难道就无话可说吗？为什么和达瑞单独在一起你就浑身不自在？

"但愿他睡着了吧。早上他刮胡子的时候昏昏欲睡，差点割了脖子。我只好把他推到床上去，可他一眨眼就又爬起来了。"

达瑞想要苏打睡觉的愿望很快就落空了，因为这时苏打只穿了一条牛仔裤就跑了进来。

"嘿，小马！"他兴奋地大叫着便要朝我扑过来，但达瑞一把拉住了他。

"注意点，老弟，别毛手毛脚的。"

苏打只好克制自己，在床上蹦来蹦去，不时拍拍我的肩膀。

"好家伙，你病得可不轻啊。现在好点了吗？"

"好多了，就是肚子有点饿。"

"我该想到的，"达瑞说，"生病期间你几乎一口东西都没吃。喝点蘑菇汤怎么样？"

我忽然发觉肚子里空空如也，立刻说道："好啊，就喝汤吧。"

"我这就去做。苏打，别太折腾哦。"

苏打不耐烦地瞥了达瑞一眼："难道你觉得我会立马拉着他去参加运动会吗？"

"哦，天哪，"我咕哝说，"运动会。看来这次我什么项目都没办法参加了，以我现在的身体状况恐怕达不到参赛标准。我的教练还指望我拿成绩呢。"

"嘻，那有什么，不是还有明年嘛。"苏打无所谓地说，他从来就理解不了运动对于我和达瑞的重要性，就像他永远都理解不了我们为什么要好好学习一样。"别为这种小事儿操心啦。"

"苏打，"我忽然说道，"我在迷糊状态下都说过什么？"

"哦，你大多时候以为自己在文德瑞克斯。然后你一再强调约翰尼不是故意杀人。嘿，我以前都不知道你不喜欢吃香肠。"

我顿时气馁不已："我是不喜欢。从来就不喜欢。"

苏打端详了我一番："你以前常吃啊。难怪生病期间你什么都不愿吃，不管我们给你什么你都说不喜欢吃香肠。"

"我就是不喜欢。"我重复道，"苏打，我迷迷糊糊的时候有没有叫过达瑞？"

"叫过啊，"他奇怪地看着我，"我们两个都叫过，有时候还叫爸爸和妈妈，还有约翰尼。"

"哦，我以为我没叫过达瑞呢，害我烦躁了半天。"

苏打咧嘴一笑："嘿，你叫了，所以别再多想了。我们一直守着你，医生说我们要是再不休息，搞不好就会双双倒下。不过我们撑过来了。"

我认真看了他一眼。他显然累坏了，顶着两个硕大的黑眼圈，满脸倦容。可即便如此，他黑色的眼眸依然带着笑意，依然流露出无忧无虑的神采。

"你看着很憔悴，"我坦白说道，"恐怕从周六晚上以来你连三个小时都没睡到吧。"

他笑了笑，但没有否认。"给我挪个地方。"他从我身上翻过去躺下。达瑞的汤还没做好，我们两个就全都睡着了。

第十一章

　　此后我不得不卧床休息了一个星期。这可把我整惨了。天天躺在床上看天花板，正常人也会疯的，更何况我？因此我把大部分时间都用在了读书上，除此便是画画。有一天我随手翻起了苏打以前的同学录，偶然发现一张照片里有个人看起来十分眼熟。那上面写的是一个陌生的名字：罗伯特·谢尔登。但随后我忽然意识到，那人正是鲍勃，于是我仔细端详了一阵。

　　照片中的鲍勃和我记忆中他的样子不是特别像。不过这不奇怪，同学录里的照片没几个像本人的。照片是他高二那年拍的，也就是说他死的时候大约十八岁。嗯，他当时就已经很帅了，笑容和苏打一样灿烂，透着不羁和洒脱，无忧无虑的。他的黑头发很漂亮，眼睛也是黑的，也可能是棕色，和苏打一样，或者和蒂姆兄弟一样是深蓝色。但也有可能就是黑色，和约翰尼一样。我从没想过鲍勃这个人——我没时间。但这一天我对他产生了兴趣。他是个怎样的人呢？

我知道他喜欢打架，和其他少爷党一样，认为生在西区便拥有了高人一等的资本；喜欢穿深红色运动衫，因为那让他显得更精神；对自己的指环特别珍爱且引以为豪。但樱桃·华伦斯眼中的鲍勃·谢尔登又是什么样呢？樱桃是个聪明的女孩儿，她不会仅仅因为鲍勃很帅就喜欢他。亲切、友善、出类拔萃，这是她曾对鲍勃做出的评价。一个很真实的人，最好的哥们儿，一直都在等着有人阻止他，这是兰迪的说法。他有没有一个极度崇拜他的小弟弟？或者一个总想管教他的大哥哥？他的父母对他放任自流，是出于他们对他的过度溺爱，还是漠不关心？他们现在是不是特别恨我们？我希望他们恨我们，而不是像感化院里那些虚伪的社工，用对待环境受害者的同情心态像可怜科利·谢泼德那样可怜我们。我宁可让别人恨我，也不愿他们可怜我。但话说回来，或许他们也能理解，就像樱桃·华伦斯那样。我看着鲍勃的照片，渐渐地，被我们杀死的那个年轻人的形象浮现在眼前。一个无忧无虑、脾气暴躁的小伙子，既傲慢自大，又胆小懦弱。

"小马。"

"嗯？"我没有抬头。我以为是医生，他几乎每天都来看我，尽管他来了之后除了聊天也不干什么。

"有个人想见你，他说你们认识。"达瑞的语调使我不由得抬起头，他目光坚毅，"他叫兰迪。"

"哦，我们的确认识。"我说。

"你愿意见他吗？"

"好啊，"我耸耸肩，"有何不可呢？"

之前曾有几个同学顺道来看过我。我在学校有不少朋友，虽然我年龄比他们都小，也不怎么爱说话。同学就是这样嘛，称得上朋友，但不能算兄弟。见到他们我还是很高兴的，只是我们的街区又脏又乱叫人难堪，我们家也不够光鲜气派。从外面看破破烂烂，里面同样寒酸，尽管对于几个大男孩儿来说，我们已经把家里收拾得很像样子了。我的很多同学家庭条件都不错，虽然比不上少爷党们富得流油，却也是衣食无忧的中产阶层了。有意思的是，我很不愿意让同学看到家里的样子，却对兰迪的到来毫不在意。

"嗨，小马。"站在门口的兰迪有些局促。

"嗨，兰迪。"我说，"随便找个地方坐吧。"屋里到处都是书，他拿开椅子上的几本书，坐了下来。

"你好点了吗？樱桃说你的名字上了学校通告。"

"好多了。我的名字经常上通告。"

他努力笑了笑，但看上去仍然手足无措。

"抽支烟吧？"我递给他一支。他摇头拒绝了。"不了，谢谢。呃，小马，我今天来……一是看看你好些没，二是……你……呃……我们明天还要上法庭呢。"

"是。"我说着点着烟，"我知道。嘿，看见我哥哥过来就吭一声，要是让他们逮着我在床上抽烟，就得吃不了兜着走了。"

"我爸爸说，讲真话对谁都没坏处。这件事让他很难过。我是说，我爸爸是个守规矩的老实人，他的心比大多数人都好。我被卷进这样的事情，挺让他失望的。"

我就安安静静地看着他。他说的这叫什么话呀。他觉得自己是被卷进这件事的？他没有杀人，也没有在打群架的时候被人踢了脑袋，路灯下被警察打死的也不是他的兄弟。再说了，他有什么可失去的呢？他有个有钱的老爸，就算他喝酒、打架，交点罚款就能摆平。

"我不担心罚款，"兰迪说，"可我就是感觉对不起老爸。而且这是我很久以来第一次有这种感觉，或者说有了感觉。"

长久以来我唯一能感觉到的只有恐惧，我几乎被吓破了胆。我尽量不去想法官和聆讯的事，苏打和达瑞也不愿意谈。

因此在我养病期间，我们都默默计算着日子，计算着我们还能在一起的时间。可兰迪开门见山地扯出这个话题，我想回避也避不开了。我手里的烟头开始颤抖。

"我猜这件事一定也让你爸妈很烦心吧。"

"我的爸妈已经死了。这个家里只剩下我和我的两个哥哥——达瑞和苏打。"我深吸了一口烟，"不过这才是让我担心的。如果法官认为达瑞不足以担任我的监护人，那我很可能会被送进孤儿院或者被人收养。这才是最可怕的地方。达瑞是个很称职的监护人。他督促我学习，总能准确知道我人在哪里，和谁在一起。虽然有时候我们不是很合得来，但他能让我少惹麻烦。他管得比我爸爸都严，吼我的次数也比爸爸多。"

"对不起，我不知道。"兰迪也担忧起来，是真的担忧。一个少爷党居然因为一个油头小子要被送进孤儿院或被人收养而烦恼，这事真有意思。我说的可不是有意思的意思。你明白我的意思。

"小马，你听我说。你什么都没干。刀是你那个朋友约翰尼的……"

"是我的。"我突然打断兰迪。他奇怪地看着我。"刀是我的，我杀了鲍勃。"我说。

兰迪听了直摇头："我亲眼看见的。你当时都快被淹死了。是那个黑头发的伙计掏出了弹簧刀，鲍勃一吓唬他，他就失手捅了鲍勃。我亲眼所见。"

我糊涂了："我杀了他。我有把弹簧刀，我怕他们打死我。"

"不对，小家伙，是你的朋友，死在医院的那个……"

"约翰尼没死。"我的声音在发抖，"约翰尼没死。"

"嘿，兰迪。"达瑞把头探进门里，"我看你还是回去吧。"

"好吧。"兰迪说，他一脸迷惑地看着我，"回头见，小马。"

"不能跟他提约翰尼。"他们出去后，我听见达瑞小声对兰迪说，"他精神上到现在还没缓过来呢。医生说这需要时间。"

我用力吞下口水，眨了眨眼睛。兰迪和其他少爷党一样冷血卑鄙。约翰尼和鲍勃的死毫无关系。

"小马，把烟掐了。"

"好好好。"我熄灭了烟，"我不会抽着烟睡着的，达瑞。是你非要让我待在床上，我不在这儿抽在哪儿抽嘛。"

"不抽烟又不会死掉。可如果你抽烟把床烧着了，那可就难说了。你看屋里乱成这个样子，你恐怕连门口都跑不到。"

"哼，我不能下床收拾，苏打又懒得动手，看来只能留给你了。"

他狠狠瞪了我一眼。"好吧好吧，"我急忙说道，"不用你收拾。也许苏打会伸伸手的。"

"不想收拾别弄那么乱不就完了？你说是吧，小老弟？"

他从没这样叫过我。只有苏打才叫我"小老弟"。

"是，"我回答说，"我以后注意。"

第十二章

　　上法庭和我想象的完全不一样。出庭人除了我、达瑞和苏打，便是兰迪和他的父母以及樱桃·华伦斯和她的父母，另外还有事发当晚跟鲍勃一起截住我和约翰尼的其他几个人。其实我也不知道上法庭究竟是什么样子，可能是我《梅森探案集》[1] 看多了吧。哦，对了，医生也在，审讯开始之前他和法官聊了很久。当时我不知道他和审讯有什么关系，但现在已经明白了。

　　首先接受询问的是兰迪。他看起来有点紧张，真希望法庭能给他一支烟抽。最好也能给我一支，我自己也哆嗦得停不住

1　《梅森探案集》（*Perry Mason*）：1957 年开始播出的一部犯罪、悬疑类美剧。2020 年，该系列又重启拍摄。

呢。达瑞叮嘱过我，法庭上不能乱说话，该谁发言就谁发言，所以不管兰迪和其他人在发言时说了什么，我都不要开口。不过这些少爷党并没有胡说八道，他们的证词差不多一样，也都符合事实。唯独一点，他们说是约翰尼杀了鲍勃，我想，等轮到我发言时再纠正过来吧。

樱桃·华伦斯陈述了我和约翰尼被拦截之前和之后发生的事。我好像看到她脸上还淌下了几滴眼泪，但是不是真的我不确定。即便是在哭的时候，她的声音依然很平稳。法官向每个人提问时都严肃而认真，完全没有电视剧里那样的激情澎湃和紧张刺激。他问了达瑞和苏打一些关于大力的事情，我估计是想了解一下我们的背景，以及我们都和什么人打交道。他真是我们的好朋友吗？达瑞直视法官，不卑不亢地回答说："是的，法官大人。"苏打也做出了同样的回答，只是他一直盯着我，仿佛担心他的证词会害我上电椅似的。我为他们两个都感到骄傲。大力是我们的好兄弟，我们到什么时候都不会抛弃他。我以为法官永远都不会问我了。但真的轮到我时，我却害怕得要死。结果你猜怎么着？关于鲍勃的死，他们一个问题都没有问我。法官只问了我喜不喜欢和达瑞一起生活，喜不喜欢上学，还问了我的成绩之类的问题。当时我百思不得其解，后来才知道医生和法官都说了些什么。法官笑着让我别再咬指甲时，我怕得都快尿裤子了——咬指甲是我的一个坏习惯。然后他宣布我无罪释放,案子终结。就这样。他们连发言的机会都没有给我。但我也无所谓了,反正在那个地方我也不想说话。

我很想说一切都恢复正常,事实却并非如此,尤其是我。不知怎的,我开始经常撞到东西上,比如门,或者被咖啡桌绊倒,而且丢东忘西。以前我确实有点马虎,可现在,好家伙,要是放学回家的时候我能拿对作业本,还能把两只鞋子全都穿回来,那都要感谢上帝了。有一次我回家的时候忘了穿鞋,直到史蒂夫拿我的光脚调侃时我才意识到。我以为把鞋子落在了学校的储物柜,后来却一直没有找到。另外,我好像得了厌食症,以前我很能吃,每次吃饭都像饿死鬼托生似的,可突然我没有饿的感觉了,吃什么都像吃香肠。我的作业同样一塌糊涂。数学还好,因为达瑞会帮我检查,错的地方就要求我及时改正。可怜的是英语,简直惨不忍睹。以前我的英语成绩通常都是 A,主要是因为我们的英语老师总是逼着我们写作文。我口头表达能力比较差,(开玩笑,你见过几个能说地道英语的小混混啊?)但写作能力还行,只要我认真写。当然这都是过去了,如今我的作文能得个 D 就谢天谢地了。

为此可愁坏了我的英语老师。他是个好人,会引导我们独立思考,而且尊重我们,对所有人一视同仁。有一天他让我下课之后单独留下来。

"小马，我想跟你聊聊你的成绩。"

唉，我真想逃之夭夭。我知道我的成绩下滑严重，可我也没办法啊。

"小马，我就直说了吧。从你的分数来看，实际上咱们已经没有聊的必要。这门功课你怕是很难及格。但考虑到你的情况，我决定给你一个机会。如果你能交出一篇不错的作文，我就给你个 C，让你过关。"

"考虑到你的情况"——乖乖，他大概是说我的成绩之所以一落千丈，都是因为最近这些可怕的经历吧。这么说倒也委婉。庭审后上学第一周是最难熬的。我认识的人统统不理我，我不认识的人却跑过来直截了当地问这问那。有时候老师也问。我的历史老师更夸张，她好像很怕我似的，而我在她的课上从没捣过乱。你可以想象周围人的这些反应让我有多焦虑。

"好的，老师。"我说，"我会努力。作文题目是什么？"

"你认为什么值得写就写什么。而且不能写成参考作文，我要你写自己的亲身经历，要写出真情实感。"

比如第一次去公园。了解，了解。"好的，老师。"我答应说，随后以最快的速度逃了出来。

午饭时，我在后面的停车场与两毛五和史蒂夫碰了头。我们开车去附近的一个社区小店买烟、可乐和糖果。这个小店是油头常去的地方，而我们买的基本上就是我们的午餐。少爷党在学校餐厅捣乱，拿着餐具乱丢，结果所有人都认为是我们油头干的。真是好笑，他们何时见我们油头在餐厅吃过饭啊？

我坐在史蒂夫汽车的保险杠上抽烟，喝百事可乐。他和两毛五坐在车里和几个女孩子聊天。这时开过来一辆车，从里面下来三个少爷党。我坐在原地一动不动地看着他们，又喝了口可乐。我不害怕。这真是世界上最奇妙的感觉。我什么感觉都没有 —— 恐惧、气愤或别的，全没有。

"你就是捅死鲍勃·谢尔登的那个家伙，"其中一个人说，"他是我们的朋友。我们很难接受别人杀害我们的朋友，尤其凶手还是个油头。"

谁怕谁啊。我敲掉可乐瓶底，握着瓶颈，丢掉手里的烟头。"回你们的车里去，不然后果自负。"

他们似乎很惊讶，其中一个人向后退了退。

"我没开玩笑。"我跳下保险杠，"我已经受够你们这些家伙了。"我拿着瓶子，姿势和蒂姆·谢泼德拿刀时一样 —— 瓶子远离身体，看似若无其事，瓶子却攥得很牢。他们大概看出我不是在吓唬人，钻回车子开走了。

"你真会拿瓶子捅他们，对吧？"两毛五一直站在便利店门口观望，"我和史蒂夫肯定当你的后盾，不过看来用不着。你真会把他们修理一顿，对不对？"

"我想是吧。"我叹了口气说。我不知道两毛五有什么可大惊小怪的，换成其他人做同样的事情，他恐怕连看都不会多看一眼。

"小马，你听我说，别学人家装狠。你和我们不一样，不要试图变成我们……"

两毛五这是怎么了？他和我都很清楚，越是凶狠，越是强悍，就越不容易受到伤害。加上聪明的头脑，那就谁都奈何不了你了。

"你干什么呢？"两毛五的声音打破了我的思绪。

我抬起头："捡玻璃啊。"

他愣了愣，随后咧嘴一笑："你个小东西。"他如释重负似的。我不知道他什么意思，只管继续捡破碎的瓶底，然后丢进垃圾桶里。我可不想让碎玻璃扎烂别人的轮胎。

回到家我就开始写作文。真的，但主要还是因为达瑞非让我写，不然就要我好看。我想过写爸爸，可发现不行。我起码要等很久很久以后才有勇气回想我的父母。很久。我想过写苏打的马——米老鼠，可怎么都写不好，脑子里只能想到一些陈词滥调。于是我开始在纸上写名字：达雷尔·肖恩·柯蒂斯、小苏打·帕特里克·柯蒂斯、小马·迈克尔·柯蒂斯。然后我又在纸上画了一堆马。这下老师应该会给个高分吧。

"嘿，来信了没有？"苏打摔上门，大声问道。和平时下班回来一样。我虽然身在卧室，但不用看我也知道他接下来要脱掉夹克扔向沙发，但夹克会掉在地上，而后他会脱掉鞋子，去厨房倒一杯巧克力牛奶。我之所以知道这些，是因为他每天都如此。他不爱穿鞋，就喜欢光脚跑来跑去。

可他接下来做了件奇怪的事儿。他走进卧室倒在床上，开始抽烟。他很少抽烟的，除非真遇到让他发愁的事情，或者想装一装酷。可在我们面前他是没有必要装酷的，我们本来就知道他很酷。所以我估计他是遇到了什么事。"工作怎么样？"

"还行。"

"出什么事了吗？"

他摇摇头。我耸了耸肩，继续画我的马。

那天是苏打做的晚饭，而且一切正常。这可就不正常了，因为他做饭一向不会墨守成规，总要尝试些奇怪的想法。有一次他做了绿色的烤饼。乖乖，绿色。总之，我可以告诉你，如果你有一个苏打这样的兄弟，你的生活永远不会无聊乏味。

晚饭时苏打很安静，吃得也不多。这就更反常了。很多时候他都是喋喋不休，且永远都是吃不饱的样子啊。达瑞好像没注意到，所以我也没说什么。

晚饭后我和达瑞又吵了起来，这已经是一周之内的第四次。起因是我那篇作文仍然一点眉目没有，而我想骑车出去玩。往常我都是老老实实地站着听他嚷嚷，可最近我也开始顶嘴了。

"我的作业写不写有什么关系？"我最后吼道，"反正从学校出来我还是得去打工。你看苏打，他辍学了不也过得挺好嘛。你还是别替我操心了。"

"你不能辍学。你给我听着，凭你的脑瓜和成绩，赢得奖学金不成问题，我们可以供你上大学。但今天我要说的重点不是作业。小马，所以你最好别顶嘴。约翰尼和大力是我们的好兄弟，可你总不能因为失去了好兄弟就不活了吧？我以为你早就想通了。我不准你放弃！要是你看不惯我管理这个家的方式，随时可以走。"

我顿时僵住。我们在家里从没提过大力和约翰尼。"你巴不得我走呢，对不对？哼，没那么容易，你说是吧，苏打？"可当我看向苏打时，我愣住了。他脸色煞白，看我的眼神中充满痛苦。我忽然想起科利·谢泼德从电线杆上掉下来摔断胳膊时的表情。

"别吵了……唉，你们两个怎么就不能……"他突然跳起来冲出门去。我和达瑞都吃了一惊。达瑞捡起那封被苏打丢在地上的信。

"是他写给珊迪的信。"达瑞面无表情地说，"没有拆，被原封不动地退回来了。"

原来苏打整个下午都在为这件事闷闷不乐，我却连问都没问一句。现在想想，我似乎从未关心过苏打的事。我和达瑞都理所当然地认为他没有任何烦恼。

"珊迪去佛罗里达的时候跟我说过……她爱的不是苏打，小马。苏打说他爱珊迪，可我估计珊迪并没有他想象中的那么爱他，因为她心里还有别人。"

"你用不着跟我说这么清楚。"我说。

"可他还是想和珊迪结婚，结果珊迪就走了。"达瑞一脸困惑地看着我，"他怎么没告诉你？史蒂夫和两毛五倒也罢了，可我以为他什么都会告诉你。"

"也许他想告诉来着。"我说。苏打不知多少次欲言又止，仅仅因为我在发呆或埋头看书？而如果是我有话要说，他不论在做什么都会停下来认真倾听的。

"你不在的那个星期他每晚都哭。"达瑞慢慢说道，"同一周，你走了，珊迪也走了。"他放下信封，"走吧，咱们去找他。"

我们一直追到公园，虽然距离拉近了些，但他毕竟比我们先跑出一个街区。

"你抄近路截他。"达瑞说，即便状态不佳我跑得也不慢，"我还是在后面跟着他。"

我穿过林子，在公园半道截住了他。一看见我他就立马右转，不过没跑出几步就被我箭步追了上去。我们两个都累得气喘吁吁，倒在地上大口喘气。过了一两分钟，苏打坐起来，掸掉衬衣上的草屑。

"别搞田径了，你该去踢足球。"他说。

"你要往哪儿跑啊？"我躺在地上扭头望着他问。这时达瑞也赶了过来，一屁股坐在我们旁边。

苏打耸耸肩："我不知道。我就是……受不了听你们两个吵架。有时候我只想跑出来……我感觉我就像是拔河比赛里的那根绳子，仿佛随时会被扯为两段。你能明白我的意思吗？"

达瑞诧异地看了我一眼。我们谁都没有意识到争吵对苏打造成的影响，我羞愧不已。他说得没错，我和达瑞的确把他当成了拔河比赛中的绳子，而我们谁都没有考虑过他的感受。

苏打摆弄着几根枯草："我的意思是，我没办法选边站队，如果可以那就简单多了。可作为旁观者，我比你们看得更清楚。达瑞动不动就大声训斥，你管得太严太紧。而小马，你从来没有换个角度想想，达瑞放弃了那么多，他现在所做的一切，无非是想给你一个机会，好抓住他曾经错过的东西。他完全可以把你送进孤儿院，然后自己打工挣钱去上大学。小马，听我说句实话，我辍学是因为我脑子笨。我努力过，可你也看见我的成绩了，我不是上学那块料，反倒在加油站修车更快活些。可你不行，你在那种地方永远找不到快乐。还有达瑞，你也要试着理解小马，不要因为一些鸡毛蒜皮的小事就喋喋不休。他和你看问题的角度不一样。"他用恳求的目光看着我们俩，"天哪，你们知不知道，光是听你们吵架就够难受的了，如果你们还要逼我选边站队……"他的眼眶中溢满了泪水，"这个家就剩咱们兄弟三个相依为命，我相信只要我们同心协力就一定能够克服任何困难。如果失去彼此，我们还能剩下什么呢？我们会一无所有，而一无所有的下场会和大力一样……我指的不是死掉。而是像他以前那样，那比死了还要可怜。求你们了……"他用胳膊擦了下眼睛，"别再吵下去了。"

达瑞一副忧心忡忡的样子。我忽然意识到他才二十岁，比我们没大多少。他同样也会感到恐惧、忧虑和迷茫。我一直期望能理解一切，却从未试过去理解他。他为了我和苏打放弃的东西太多太多了。

"我答应你，老弟，"达瑞轻声说道，"我们再也不吵架了。"

"嘿，小马，"苏打含泪冲我笑笑，"你可不准哭哦。咱们兄弟三人有一个哭就够了。"

"我才没哭。"我说。也许我确实哭了，反正我不记得。苏打玩笑似的在我肩膀上打了一拳。

"咱们再也不吵了，好吗，小马？"达瑞说。

"好。"我说。这是真心话。在我和达瑞之间，误解或许会仍然存在下去 —— 我们性格迥异，观点相左是正常的 —— 但我们不会再争吵了。我们不能再为了逞口舌之快而伤害苏打。苏打永远是我和达瑞之间的那根绳子，但这不代表我们要扯断它。相反，不是我和达瑞在拉他，而是他把我和达瑞拉在一起，把我们三兄弟拉在一起。

"行了，"苏打说，"好冷啊，要不咱们回家吧？"

"不如你跑我追？"我一跃而起，挑衅道。这么美的夜色，正好赛跑。空气清凉，沁人心脾，干净得几乎闪闪发光。月亮还没升上天，但星星已经布满夜空。除了我们踩在水泥地上的脚步声和风吹落叶的窸窣声，四下一片寂静。真美啊。估计是我身体尚未恢复，因为我们三个谁也没有把谁甩开。不，我想是我们更愿意一起走吧。

不过，这天晚上我还是不想写作业。我在屋里到处找书读，可家里的每一本书都快被我翻烂了，就连达瑞那本《投机客》¹我都没放过。但他说我年纪太小，还不适合看那本书。看过之后我也那么觉得。最后我还是拿起那本《飘》看了许久。我知道约翰尼已经死了，一直都知道，即便在我生病期间假装他还活着的时候。杀死鲍勃的是约翰尼，不是我，这一点我也知道。我只是认为如果假装约翰尼还活着，痛苦可能会少一些。警察抬走大力的尸体后，两毛五曾发牢骚说他的弹簧刀再也拿不回来了，因为警察搜过大力的身。

"弹簧刀？让你惦记的就只有那把弹簧刀？"史蒂夫红着眼睛咆哮道。

"不，"两毛五颤抖着说，"但我倒希望我只惦记那把刀。"

可我还是很难受。一个朝夕相处多年的朋友，关系亲密得好似兄弟，可他一夜之间没了，任谁一时半会儿都无法接受。约翰尼不仅仅是我们的朋友。我相信他听过的牢骚和抱怨比我们任何一个人听过的都多。他是一个真心听你说话的人，且真心在乎你说的话，这样的人是可遇不可求的。我忘不了他说过

---

1 《投机客》(*The Carpetbaggers*)，美国作家哈罗德·罗宾斯（Harold Robbins）所著商战小说，后被拍摄成电影《江湖男女》。

的那些话。他还有很多事情没有做过，一辈子连我们的社区都没有出去过 —— 可现在一切都来不及了。我深吸一口气，翻开书。一张纸滑落到地板上，我捡起来。

小马，我请护士把这本书交给你，好让你把它看完。

这是约翰尼的笔迹。继续往下读，我几乎能听到约翰尼平静的语调。

医生刚刚来过，但我已经知道了。疲倦无力的感觉越来越明显，我不在乎现在就死掉。救了几个孩子，我这条命也值了。他们的命比我的更宝贵，他们活着比我活着更有意义。有几个孩子的家长过来感谢我，我很满足。告诉大力我这么做是值得的。我会想念你们大家。最近我一直在想那首诗，还有那个作者。他说人在年幼的时候是金色的，就像大自然的新绿。年幼的时候，一切都是新鲜的，就像黎明。当你习惯了一切，便是白天。就像你对日落的钟爱，小马，那也是金色。保持下去吧，那是一种很美的色彩。我想请你告诉大力，让他抽空也看一次夕阳。他可能会觉得你发神经，但还是告诉他吧。我估计他从没正经欣赏过一次日落。另外，不要再为自己是油头而烦恼了。你还有大把时间让自己变成你想要的样子。这个世界仍有许多美好之处。告诉大力。我想他可能还不知道。

你的好哥们儿，约翰尼

告诉大力。现在为时已晚。可即便我告诉了，他会听吗？我很怀疑。忽然间，我觉得这不再是我个人的事。我可以想象成百上千个生活在贫民区的孩子，他们都有着乌黑的大眼睛，过着战战兢兢的日子，甚至经常被自己的影子吓到。或许有成百上千的孩子也喜欢看日落，或者满天星辰，他们同样渴望过上更好的生活。我仿佛看见许多年轻人倒在街灯下，他们出身卑微，强硬冷酷，对这个世界充满仇恨。我再也没有机会告诉他们这个世界依然存在美好，就算说了他们也不会相信。这个问题太宏大了，早已超出个人的范畴。他们应该得到帮助，应该有人及时告诉他们，把他们的故事讲给更多的人听。或许将来人们会慢慢明白，他们不该用抹了多少头油作为评判一个人的标准。我觉得这件事值得写一下。于是我找出电话簿，拨通了英语老师的电话。

"塞姆老师，我是小马。那篇作文……篇幅可以写多长？"

"怎么了？哦，不能少于五页。"他听起来有些意外。我方才想起时间已是半夜。

"可以写更长一点吗？"

"当然可以，小马，想写多长都可以。"

"谢谢。"说完我挂了电话。

我坐下来，拿起钢笔，思索了片刻。回想。回想一个英俊帅气的小伙子，他脾气火暴，笑起来没心没肺。还有一个男孩子，头发淡黄，嘴里叼着烟，坚毅的面庞时常露出苦涩的微笑。回想——这一次我并未黯然神伤——这是一个安安静静的十六岁少年，他满脸沮丧，头发蓬乱，黑色的眼眸总是流露出受到惊吓的神情。短短一个星期，三个少年的命运彻底改变。我觉得可以向人们讲讲他们的故事，不妨就让英语老师做我的第一个听众。我想了好久这个故事该如何开头，毕竟它对我意义非凡。终于，我下笔写道：

从昏暗的电影院跨入明媚的阳光，我心里只想着两件事：保罗·纽曼和搭车回家……

图书在版编目（CIP）数据

追逐金色的少年 /（美）苏珊·埃洛伊丝·欣顿著；
吴超译 . — 杭州：浙江人民出版社，2022.3（2022.4 重印）
ISBN 978-7-213-10381-0

Ⅰ . ①追… Ⅱ . ①苏… ②吴… Ⅲ . ①长篇小说—美
国—现代 Ⅳ . ① I712.45

中国版本图书馆 CIP 数据核字（2021）第 231712 号

追逐金色的少年

ZHUIZHU JINSE DE SHAONIAN

［美］苏珊·埃洛伊丝·欣顿 著　　吴超 译

出版发行　浙江人民出版社（杭州市体育场路 347 号　邮编 310006）
责任编辑　祝含瑶
责任校对　姚建国
封面设计　唐　旭
印　　刷　三河市冀华印务有限公司
开　　本　880 毫米 × 1230 毫米　1/32
印　　张　7
字　　数　121 千字
版　　次　2022 年 3 月第 1 版
印　　次　2022 年 4 月第 2 次印刷
书　　号　ISBN 978-7-213-10381-0
定　　价　48.00 元

如发现印装质量问题，影响阅读，请与市场部联系调换。

质量投诉电话：010-82069336